柳宗元詩文選

（唐）柳宗元 著

丁晨晨 選編

廣陵書社

中國·揚州

圖書在版編目（CIP）數據

柳宗元詩文選 /（唐）柳宗元著 ； 丁晨晨選編. —
揚州 ： 廣陵書社，2016.1
（文華叢書）
ISBN 978-7-5554-0509-2

Ⅰ. ①柳… Ⅱ. ①柳… ②丁… Ⅲ. ①唐詩－詩集②
古典散文－散文集－中國－唐代 Ⅳ. ①I214.232

中國版本圖書館CIP數據核字（2016）第010022號

ISBN 978-7-5554-0509-2

9 787555 405092 >

柳宗元詩文選

著　者　（唐）柳宗元
選　編　丁晨晨
責任編輯　胡　珍
出 版 人　曾學文
出版發行　廣陵書社
社　址　揚州市維揚路三四九號
郵　編　二二五〇〇九
電　話　（〇五一四）八五二二八〇八八　八五二二八〇八九
印　刷　揚州廣陵古籍刻印社
印　次　二〇一六年一月第一版第一次印刷
標準書號　ISBN 978-7-5554-0509-2
定　價　壹佰貳拾圓整（全貳册）

http://www.yzglpub.com　E-mail:yzglss@163.com

文華叢書序

時代變遷，經典之風采不衰；文化演進，傳統之魅力更著。古人有登高懷遠之慨，今人有探幽訪勝之思。在印刷裝幀技術日新月異的今天，國粹綫裝書的踪迹愈來愈難尋覓，給傾慕傳統的讀書人帶來了不少惆悵和遺憾。我們編印《文華叢書》，實是爲喜好傳統文化的士子提供精神的享受和慰藉。

叢書立意是將傳統文化之精華萃于一編。以内容言，所選均爲經典名著，自諸子百家、詩詞散文以至蒙學讀物、明清小品，咸予收羅，經數年之積累，已蔚然可觀。以形式言，則採用激光照排，文字大方，版式疏朗，宣紙精印，綫裝裝幀，讀來令人賞心悦目。同時，爲方便更多的讀者購買，

復盡量降低成本、降低定價，好讓綫裝珍品更多地進入尋常百姓人家。

可以想象，讀者于忙碌勞頓之餘，安坐窗前，手捧一册古樸精巧的綫裝書，細細把玩，静静研讀，如沐春風，如品醇釀……此情此景，令人神往。

讀者對于綫裝書的珍愛使我們感受到傳統文化的魅力。近年來，叢書中的許多品種均一再重印。爲方便讀者閲讀收藏，特進行改版，將開本略作調整，擴大成書尺寸，以使版面更加疏朗美觀。相信《文華叢書》會赢得越來越多讀者的喜愛。

有《文華叢書》相伴，可享受高品位的生活。

廣陵書社編輯部

二〇一五年十一月

編輯說明

柳宗元（七七三—八一九），字子厚，河東（今山西永濟）人，唐宋八大家之一，唐代杰出的文學家、哲學家和思想家。世稱柳河東、河東先生。貞元進士，授校書郎，調藍田尉，升監察御史里行。因參加主張革新的王叔文集團，任禮部員外郎。失敗後貶爲永州司馬。後遷柳州刺史，故又稱柳柳州。柳宗元一生著述頗豐，詩文皆有涉獵。有《河東先生集》。

柳宗元人生路上重大的轉折點，就是其主張的政治革新的失敗和因此而導致的貶謫。他前期向往『勵才能，興功力，致大康于民，垂不滅之聲』（《答貢士元公瑾論仕進書》）。在革新失敗，經歷了長期的貶謫生活之後，他能較爲深刻地觀察到社會黑暗，能更加體驗到勞動人民的疾苦，從而使他的作品有了更爲豐富的思想內容。正如歐陽修所言：『天于生子厚，稟予獨艱哉。超凌驟拔擢，過盛輒傷摧。苦其危慮心，常使鳴心哀。投以空曠地，縱橫放天才。山窮與水險，上下極沿洄。故其于文章，出語多崔嵬。』（《永州萬石亭寄知永州王顧》）其流傳下來的作品，大多爲貶官之後所作。

柳宗元存詩一百六十餘首，雖爲數不多，但題材多樣，感情真摯。其部分詩作與陶淵明詩相近，語言淳樸自然，風格雅淡，意味悠長。另有受謝靈運影響者，則造語精妙，間雜玄理。但柳詩亦能于清麗中蘊含幽怨，有自己獨特的風格。蘇軾曾一語中的：『質而實綺，癯而實腴』『發纖穠于簡古，寄至味于淡泊』（《書〈黄子思詩集〉後》）。

相較于詩而言，柳宗元文的成就更高。他與韓愈、歐陽修、蘇軾等人并稱『唐宋八大家』。在文學實踐上，他和韓愈在文壇上發起并領導了一場古文運動，提出革新文體，突破駢文束縛，要求文章反映現實。柳宗元也因此創作了大量内容豐富、語言精練的優秀篇章，對後世爲文之法産生了深遠的影響。他的辭賦繼承和發揚了屈原辭賦的傳統，其『九賦』和『十騷』，或直抒胸臆，或借古自傷，或寓言寄諷，無疑爲唐代賦體文學的佳作，宋人嚴羽所謂『唐人惟子厚深得騷學』，實爲確言。論説文筆鋒犀利，論證精確。以《天説》爲其哲學論文代表作。傳記文在繼承《史記》《漢書》的基礎上又有所創新，兼有寓言與小説的特點。代表作如《捕蛇者説》。山水游記歷來被人稱頌。『永州八記』已成爲我國古代山水游記名作。寓言雜記短小精悍，含意深刻，繼承并發展了《莊子》《韓非子》《吕氏春秋》《列子》等名作，多用來諷刺、抨擊當時社會的醜惡現象，亦有諷喻勸誡之作，皆推陳出新，造意奇特，藝術成就極高。此外，柳宗元對碑、銘、記、序等體裁亦有涉及，對禪宗、天台宗、律宗等學説也有所研究。

自劉禹錫編纂《河東先生集》後，歷代皆編印過許多關于柳宗元詩文的著作，版本甚多。本書主要以《新刊增廣百家詳補注唐柳先生文集》爲底本，參校世彩堂本《河東先生集》《五百家注柳先生文集》諸本，甄録柳宗元所作詩文名篇，兼顧文體。并選録諸本中保存的沈晦、任淵等人對柳文的訓詁、考證之文，以按語形式置于相應篇幅之後，便于讀者更深入地了解柳文。本次以傳統的宣紙綫裝形式出版，以期可爲喜愛柳宗元的讀者提供一種精緻、典雅之讀本。

編者

二〇一五年十二月

柳宗元詩文選

柳二州

韓文公評公文云雄深雅健似司馬子長崔蔡不足多也葬時為銘其墓又稱其儁傑廉悍柳州羅池建廟祀公文公後作碑辭頌其死而為神云

公諱宗元字子厚其先蓋河東人父鎮隱於王屋山後徙吳公少精敏絕倫為文章卓犖精緻一時行輩推仰第進士博學宏詞科授校書郎調藍田尉後為監察御史裏行擢禮部員外郎未幾貶邵州刺史不半道貶永州司馬公既竄斥地又荒癘因自放山澤間其堙厄感鬱一寓諸文倣離騷數十篇讀者咸悲惻文思日益深嘗著書一篇曰貞符又作賦自儆曰懲咎徙柳州刺史時劉禹錫得播州公念其親老不忍其窮即具奏欲以柳易播會大臣為禹錫請獲改連州公至柳因其土俗為設教禁州人順賴南方為進士者走數千里從之遊經指授者為文辭皆有法世號柳柳州卒年四十七

柳宗元詩文選

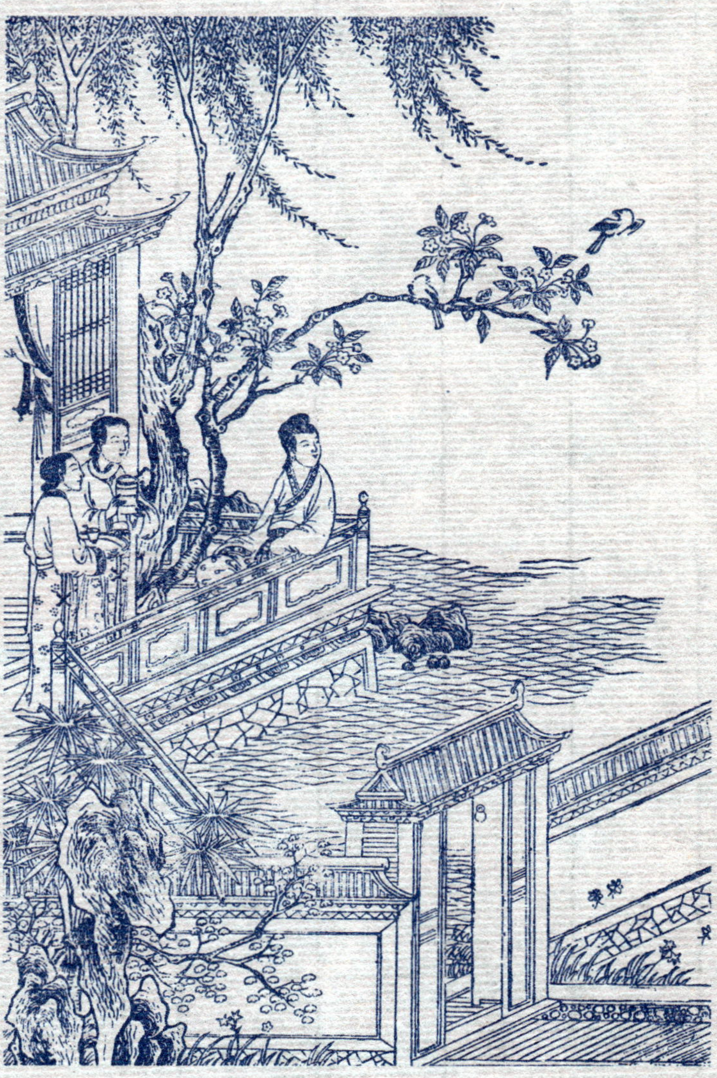
選自《唐詩畫譜·六言畫譜》

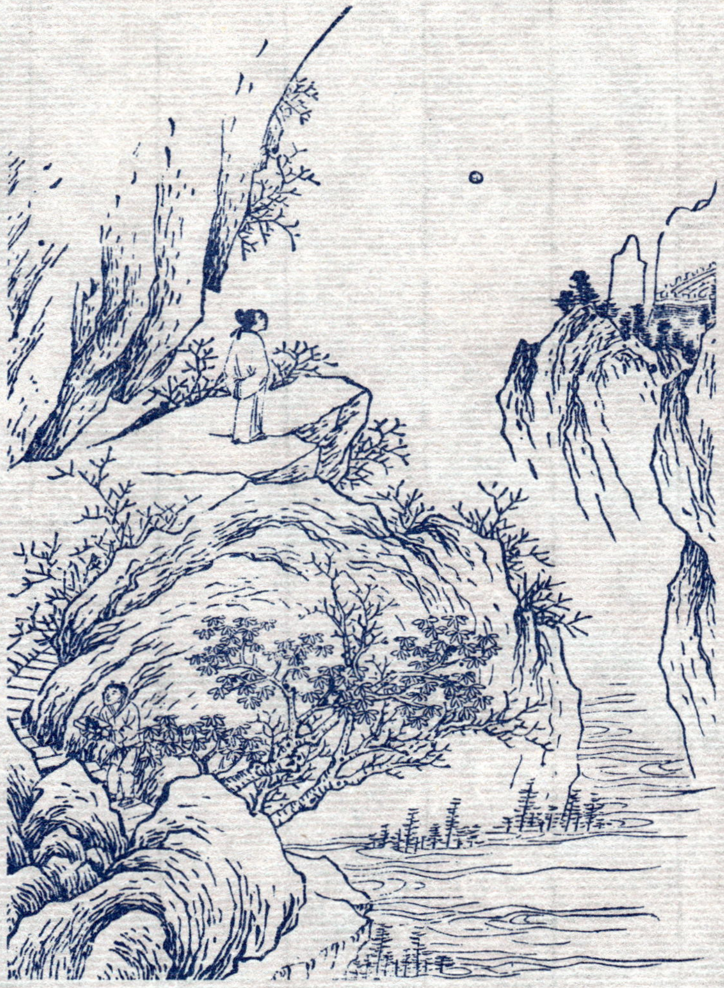
選自《唐詩畫譜·五言畫譜》

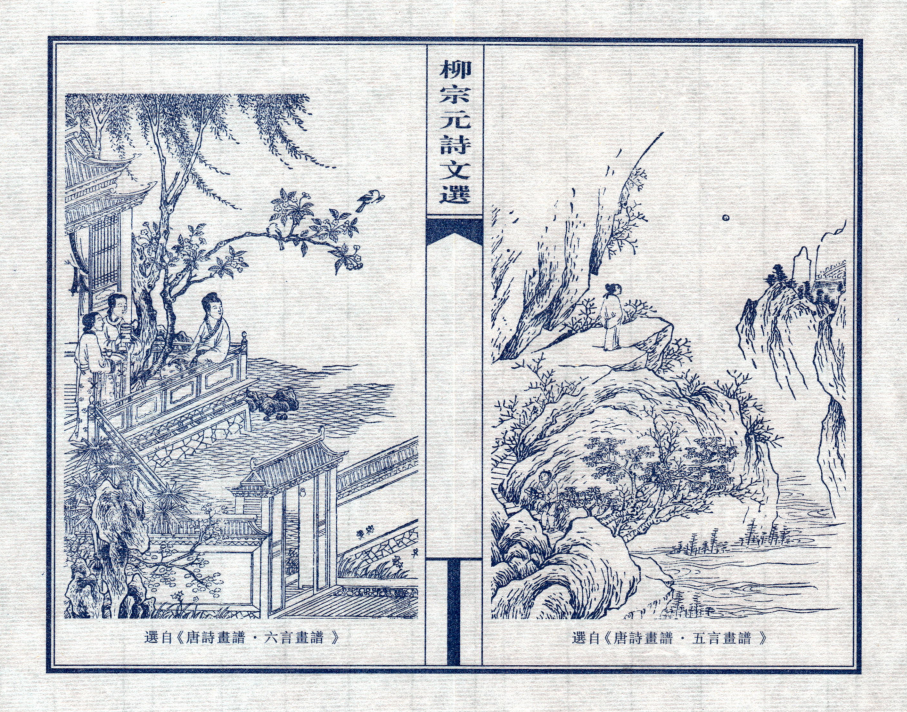

目録

文選

附録

詩選

酬婁秀才寓居開元寺早秋月夜病中見寄

客有故園思，瀟湘生夜愁。病依居士室，夢繞羽人丘。味道憐知止，遺名得自求。壁空殘月曙，門掩候蟲秋。謬委雙金重，難徵雜珮酬。碧霄無枉路，徒此助離憂。

初秋夜坐贈吳武陵

稍稍雨侵竹，翻翻鵲驚叢。美人隔湘浦，一夕生秋風。積霧杳難極，滄波浩無窮。相思豈云遠，即席莫與同。若人抱奇音，朱絃緪枯桐。清商激西顥，泛灔凌長空。自得本無作，天成諒非功。希聲閟大樸，聾俗何由聽。

晨詣超師院讀禪經

汲井漱寒齒，清心拂塵服。閑持貝葉書，步出東齋讀。真源了無取，安迹世所逐。遺言冀可冥，繕性何由熟。道人庭宇靜，苔色連深竹。日出霧露餘，青松如膏沐。澹然離言説，悟悦心自足。

贈江華長老

老僧道機熟，默語心皆寂。去歲別春陵，沿流此投迹。室空無侍者，巾屨唯挂壁。一飯不願餘，跏趺便終夕。風窗疏竹響，露井寒松滴。偶地即安居，滿庭芳草積。

界圍巖水簾

界圍匯湘曲，青壁環澄流。懸泉粲成簾，羅注無時休。韻磬叩凝碧，鏘鏘徹巖幽。丹霞冠其巔，想像凌虛游。靈境不可狀，鬼工諒難求。忽如朝玉皇，天冕垂前旒。楚臣昔南逐，有意仍丹丘。今我始北旋，新詔釋縲囚。采真誠眷戀，許國無淹留。再來寄幽夢，遺貯催行舟。

寄韋珩

初拜柳州出東郊，道旁相送皆賢豪。迴眸炫晃别群玉，獨赴異域穿蓬蒿。炎煙六月咽口鼻，胸鳴肩舉不可逃。桂州西南又千里，灕水鬭石麻

蘭高。陰森野葛交蔽日，懸蛇結虺如蒲萄。到官數宿賊滿野，縛壯殺老啼且號。飢行夜坐設方略，籠銅枹鼓手所操。奇瘡釘骨狀如箭，鬼手脱命爭纖毫。今年噬毒得霍疾，支心攪腹戟與刀。邇來氣少筋骨露，蒼白瀄汩盈顛毛。君今矻矻又竄逐，辭賦已復窮詩騷。神兵廟略頻破虜，四溟不日清風濤。聖恩儻忽念行葦，十年踐踏久已勞。幸因解網入鳥獸，畢命江海終遊遨。願言未果身益老，起望東北心滔滔。

與浩初上人同看山寄京華親故

海畔尖山似劍鋩，秋來處處割愁腸。若爲化得身千億，散上峰頭望故鄉。

汨羅遇風

南來不作楚臣悲，重入脩門自有期。爲報春風汨羅道，莫將波浪枉明時。

朗州竇常員外寄劉二十八詩見促行騎走筆酬贈

投荒垂一紀，新詔下荆扉。疑比莊周夢，情如蘇武歸。賜環留逸響，五馬助征騑。不羨衡陽雁，春來前後飛。

善謔驛和劉夢得酹淳于先生

水上鵠已去，亭中鳥又鳴。辭因使楚重，名爲救齊成。荒壠遽千古，羽觴難再傾。劉伶今日意，異代是同聲。

詔追赴都二月至灞亭上

十一年前南渡客，四千里外北歸人。詔書許逐陽和至，驛路開花處處新。

同劉二十八哭吕衡州兼寄江陵李元二侍御

衡岳新摧天柱峰，士林顦顇泣相逢。祇令文字傳青簡，不使功名上景鍾。三畝空留懸磬室，九原猶寄若堂封。遥想荆州人物論，幾回中夜惜元龍。

奉酬楊侍郎丈因送八叔拾遺戲贈詔追南來諸賓二首

貞一來時送彩牋，一行歸雁慰驚弦。翰林寂寞誰爲主，鳴鳳應須早上天。

一生判却歸休，謂著南冠到頭。冶長雖解縲紲，無由得見東周。

商山臨路有孤松往來斫以爲明好事者憐之編竹成援遂其生植感而賦詩

孤松停翠蓋，託根臨廣路。不以險自防，遂爲明所誤。幸逢仁惠意，重此藩籬護。猶有半心存，時將承雨露。

衡陽與夢得分路贈別

十年顦顇到秦京，誰料翻爲嶺外行。伏波故道風煙在，翁仲遺墟草樹平。直以慵疏招物議，休將文字占時名。今朝不用臨河別，垂淚千行便濯纓。

重別夢得

二十年來萬事同，今朝岐路忽西東。皇恩若許歸田去，晚歲當爲鄰舍翁。

三贈劉員外

信書成自誤，經事漸知非。今日臨岐別，何年待汝歸。

再上湘江

好在湘江水，今朝又上來。不知從此去，更遣幾時回。

長沙驛前南樓感舊

海鶴一爲別，存亡三十秋。今來數行淚，獨上驛南樓。

登柳州城樓寄漳汀封連四州

城上高樓接大荒，海天愁思正茫茫。驚風亂颭芙蓉水，密雨斜侵薜荔墻。嶺樹重遮千里目，江流曲似九回腸。共來百越文身地，猶自音書滯一鄉。

柳州寄丈人周韶州

越絶孤城千萬峰，空齋不語坐高春。印文生緑經旬合，硯匣留塵盡日封。梅嶺寒煙藏翡翠，桂江秋水露鰅鱅。丈人本自忘機事，爲想年來憔悴容。

登柳州峨山

荒山秋日午，獨上意悠悠。如何望鄉處，西北是融州。

得盧衡州書因以詩寄

臨蒸且莫嘆炎方，爲報秋來雁幾行。林邑東迴山似戟，牂牁南下水如湯。蒹葭淅瀝含秋霧，橘柚玲瓏透夕陽。非是白蘋洲畔客，還將遠意問瀟湘。

嶺南江行

瘴江南去入雲煙，望盡黄茆是海邊。山腹雨晴添象迹，潭心日暖長蛟涎。射工巧伺游人影，颶母偏驚旅客船。從此憂來非一事，豈容華髮待流年。

柳州峒氓

郡城南下接通津，異服殊音不可親。青箬裹鹽歸峒客，緑荷包飯趁虛人。鵝毛禦臘縫山罽，鷄骨占年拜水神。愁向公庭問重譯，欲投章甫作文身。

種柳戲題

柳州柳刺史，種柳柳江邊。談笑爲故事，推移成昔年。垂陰當覆地，聳幹會參天。好作思人樹，慚無惠化傳。

柳州二月榕葉落盡偶題

宦情羈思共悽悽，春半如秋意轉迷。山城過雨百花盡，榕葉滿庭鶯亂啼。

別舍弟宗一

零落殘魂倍黯然，雙垂別淚越江邊。一身去國六千里，萬死投荒十二年。桂嶺瘴來雲似墨，洞庭春盡水如天。欲知此後相思夢，長在荊門郢樹煙。

殷賢戲批書後寄劉連州并示孟崙二童

書成欲寄庾安西，紙背應勞手自題。聞道近來諸子弟，臨池尋已厭家鷄。

柳州城西北隅種甘樹

手種黃甘二百株，春秋新葉徧城隅。方同楚客憐皇樹，不學荊門利木奴。幾歲開花聞噴雪，何人摘實見垂珠。若教坐待成林日，滋味還堪養老夫。

段九秀才處見亡友呂衡州書迹

交侣平生意最親，衡陽往事似分身。袖中忽見三行字，拭淚相看是故人。

柳州寄京中親故

林邑山聯瘴海秋，牂牁水向郡前流。勞君遠問龍城地，正北三千到錦州。

種木槲花

上苑年年占物華，飄零今日在天涯。祇應長作龍城守，剩種庭前木槲花。

酬曹侍御過象縣見寄

破額山前碧玉流，騷人遥駐木蘭舟。春風無限瀟湘意，欲採蘋花不自由。

湘口館瀟湘二水所會

九疑濬傾奔，臨源委縈迴。會合屬空曠，泓澄停風雷。高館軒霞表，危樓臨山限。兹辰始澂霽，纖雲盡褰開。天秋日正中，水碧無塵埃。杳杳漁父吟，叫叫羈鴻哀。境勝豈不豫，慮分固難裁。升高欲自舒，彌使遠念來。歸流駛且廣，泛舟絶沿洄。

南澗中題

秋氣集南澗，獨遊亭午時。迴風一蕭瑟，林影久參差。始至若有得，稍深遂忘疲。羈禽響幽谷，寒藻舞淪漪。去國魂已游，懷人淚空垂。孤生易爲感，失路少所宜。索寞竟何事，徘徊衹自知。誰爲後來者，當與此心期。

遊石角過小嶺至長烏村

志適不期貴，道存豈偷生。久忘上封事，復笑昇天行。竄逐宦湘浦，搖心劇懸旌。始驚陷世議，終欲逃天刑。歲月殺憂慄，慵疏寡將迎。追遊疑所愛，且復舒吾情。石角恣幽步，長烏遂遐征。磴迴茂樹斷，景晏寒川明。曠望少行人，時聞田鸛鳴。風篁冒水遠，霜稻侵山平。稍與人事間，益知身世輕。爲農信可樂，居寵真虛榮。喬木餘故國，願言果丹誠。四支反田畝，釋志東皋耕。

與崔策登西山

鶴鳴楚山靜，露白秋江曉。連袂渡危橋，縈迴出林杪。西岑極遠目，毫末皆可了。重疊九疑高，微茫洞庭小。迴窮兩儀際，高出萬象表。馳景泛頹波，遥風遞寒篠。謫居安所習，稍厭從紛擾。生同胥靡遺，壽等彭鏗夭。蹇連困顛踣，愚蒙怯幽眇。非令親愛疏，誰使心神悄。偶兹遁山水，得以觀魚鳥。吾子幸淹留，緩我愁腸繞。

覺衰

久知老會至，不謂便見侵。今年宜未衰，稍已來相尋。齒疏髮就種，奔走力不任。咄此可奈何，未必傷我心。彭聃安在哉，周孔亦已沉。古稱壽聖人，曾不留至今。但願得美酒，朋友常共斟。是時春向暮，桃李生繁陰。日照天正緑，杳杳歸鴻吟。出門呼所親，扶杖登西林。高歌足自快，商頌有遺音。

韋道安

道安本儒士，頗擅弓劍名。二十遊太行，暮聞號哭聲。疾驅前致問，有叟垂華纓。言我故刺史，失職還西京。偶爲群盜得，毫縷無餘贏。貨財

足非恡，二女皆娉婷。蒼黄見驅逐，誰識死與生。便當此殞命，休復事晨征。一聞激高義，眦裂肝膽橫。挂弓問所往，趫捷超崢嶸。見盜寒澗陰，羅列方忿爭。一矢斃酋帥，餘黨號且驚。麾令遞束縛，纆索相拄撑。彼姝久褫魄，刃下俟誅刑。却立不親授，諭以從父行。捃收自擔肩，轉道趨前程。夜發敲石火，山林如晝明。父子更抱持，涕血紛交零。頓首願歸貨，納女稱舅甥。道安奮衣去，義重利固輕。師婚古所病，合姓非用兵。

朅來事儒術，十載所能逞。慷慨張徐州，朱邸揚前旌。投軀獲所願，前馬出王城。轅門立奇士，淮水秋風生。君侯既即世，麾下相攲傾。立孤抗王命，鐘鼓四野鳴。橫潰非所壅，逆節非所嬰。舉頭自引刃，顧義誰顧形。

烈士不忘死，所死在忠貞。咄嗟徇權子，翕習猶趨榮。我歌非悼死，

所悼時世情。

旦携謝山人至愚池

新沐换輕幘，曉池風露清。自諧塵外意，况與幽人行。霞散衆山迥，天高數雁鳴。機心付當路，聊適羲皇情。

首春逢耕者

南楚春候早，餘寒已滋榮。土膏釋原野，百蟄競所營。綴景未及郊，穡人先耦耕。園林幽鳥囀，渚澤新泉清。農事誠素務，羈囚阻平生。故池想蕪没，遺畝當榛荆。慕隱既有繫，圖功遂無成。聊從田父言，款曲陳此情。眷然撫耒耜，迴首煙雲横。

溪居

久爲簪組累，幸此南夷謫。閑依農圃鄰，偶似山林客。曉耕翻露草，夜榜響溪石。來往不逢人，長歌楚天碧。

夏初雨後尋愚溪

悠悠雨初霽，獨繞清溪曲。引杖試荒泉，解帶圍新竹。沉吟亦何事，寂寞固所欲。幸此息營營，嘯歌静炎燠。

入黄溪聞猿

溪路千里曲，哀猿何處鳴。孤臣淚已盡，虚作斷腸聲。

秋曉行南谷經荒村

杪秋霜露重，晨起行幽谷。黃葉覆溪橋，荒村唯古木。寒花疏寂歷，幽泉微斷續。機心久已忘，何事驚麇鹿。

雨後曉行獨至愚溪北池

宿雲散洲渚，曉日明村塢。高樹臨清池，風驚夜來雨。予心適無事，偶此成賓主。

中夜起望西園值月上

覺聞繁露墜，開户臨西園。寒月上東嶺，泠泠疏竹根。石泉遠逾響，

山鳥時一喧。倚楹遂至旦，寂寞將何言。

零陵春望

平野春草綠，曉鶯啼遠林。日晴瀟湘渚，雲斷岣嶁岑。仙駕不可望，世途非所任。凝情空景慕，萬里蒼梧陰。

夏晝偶作

南州溽暑醉如酒，隱机熟眠開北牖。日午獨覺無餘聲，山童隔竹敲茶臼。

雨晴至江渡

江雨初晴思遠步，日西獨向愚溪渡。渡頭水落村逕成，撩亂浮槎在高樹。

江雪

千山鳥飛絶，萬逕人蹤滅。孤舟簑笠翁，獨釣寒江雪。

冉溪

冉溪，即愚溪也。元和五年，公易其名爲愚溪。

少時陳力希公侯，許國不復爲身謀。風波一跌逝萬里，壯心瓦解空縲囚。縲囚終老無餘事，願卜湘西冉溪地。却學壽張樊敬侯，種漆南園待成器。

茆簷下始栽竹

瘴茆葺爲宇，溽暑恒侵肌。適有重膇疾，蒸鬱寧所宜。東鄰幸導我，樹竹邀涼飈。欣然愜吾志，荷鍤西巖垂。楚壤多怪石，墾鑿力已疲。江風忽云暮，輿曳還相追。蕭瑟過極浦，旖旎附幽墀。貞根期永固，貽爾寒泉滋。夜窗遂不掩，羽扇寧復持。清泠集濃露，枕簟凄已知。網蟲依密葉，曉禽棲迥枝。豈伊紛囂間，重以心慮怡。嘉爾亭亭質，自遠棄幽期。不見野蔓草，蓊蔚有華姿。諒無凌寒色，豈與青山辭。

戲題階前芍藥

凡卉與時謝，妍華麗茲晨。欹紅醉濃露，窈窕留餘春。孤賞白日暮，暄風動摇頻。夜窗藹芳氣，幽卧知相親。願致溱洧贈，悠悠南國人。

植靈壽木

白華照寒水，怡我適野情。前趨問長老，重復欣嘉名。蹇連易衰朽，方剛謝經營。敢期齒杖賜，聊且移孤莖。叢萼中競秀，分房外舒英。柔條乍反植，勁節常對生。循翫足忘疲，稍覺步武輕。安能事翦伐，持用資徒行。

早梅

早梅發高樹，迥映楚天碧。朔吹飄夜香，繁霜滋曉白。欲爲萬里贈，杳杳山水隔。寒英坐銷落，何用慰遠客。

巽公院五咏（選三）

曲講堂

寂滅本非斷，文字安可離。曲堂何爲設，高士方在斯。聖默寄言宣，分别乃無知。趣中即空假，名相與誰期。願言絶聞得，忘意聊思惟。

禪堂

發地結菁茆，團團抱虚白。山花落幽户，中有忘機客。涉有本非取，照空不待析。萬籟俱緣生，窅然喧中寂。心境本洞如，鳥飛無遺跡。

芙蓉亭

新亭俯朱檻，嘉木開芙蓉。清香晨風遠，溽彩寒露濃。瀟灑出人世，低昂多異容。嘗聞色空喻，造物誰爲工。留連秋月晏，迢遞來山鍾。

梅雨

梅實迎時雨，蒼茫值晚春。愁深楚猿夜，夢斷越鷄晨。海霧連南極，江雲暗北津。素衣今盡化，非爲帝京塵。

零陵早春

問春從此去，幾日到秦原。憑寄還鄉夢，慇懃入故園。

田家三首（選一）

蓐食徇所務，驅牛向東阡。鷄鳴村巷白，夜色歸暮田。札札耒耜聲，飛飛來烏鳶。竭茲筋力事，持用窮歲年。盡輪助徭役，聊就空自眠。子孫日以長，世世還復然。

行路難三首（選一）

君不見，夸父逐日窺虞淵，跳踉北海超崑崙。披霄決漢出沆漭，瞥裂左右遺星辰。須臾力盡道渴死，狐鼠蜂蟻争噬吞。北方竫人長九寸，開口抵掌更笑喧。啾啾飲食滴與粒，生死亦足終天年。睢盱大志少成遂，坐使兒女相悲憐。

籠鷹詞

凄風淅瀝飛嚴霜，蒼鷹上擊翻曙光。雲披霧裂虹蜺斷，霹靂掣電捎平岡。砉然勁翮翦荊棘，下攫狐兔騰蒼茫。爪毛吻血百鳥逝，獨立四顧時激昂。炎風溽暑忽然至，羽翼脱落自摧藏。草中狸鼠足爲患，一夕十顧驚且傷。但願清商復爲假，拔去萬累雲間翔。

放鷓鴣詞

楚越有鳥甘且腴，嘲嘲自名爲鷓鴣。徇媒得食不復慮，機械潛發罹罝罦。羽毛摧折觸籠籞，煙火煽赫驚庖厨。鼎前芍藥調五味，膳夫攘腕左右視。齊王不忍觳觫牛，簡子亦放邯鄲鳩。二子得意猶念此，况我萬里爲孤囚。破籠展翅當遠去，同類相呼莫相顧。

龜背戲

長安新技出宮掖，喧喧初徧王侯宅。玉盤滴瀝黄金錢，皎如文龜麗秋天。八方定位開神卦，六甲離離齊上下。投變轉動玄機卑，星流霞破相參差。四分五裂勢未已，出無入有誰能知。乍驚散漫無處所，須臾羅列已如故。徒言萬事有盈虚，終朝一擲知勝負。脩門象棋不復貴，魏宮妝奩世所棄。豈如瑞質耀奇文，願持千歲壽吾君。廟堂巾笥非余慕，錢刀兒女徒紛紛。

聞黃鸝

倦聞子規朝暮聲，不意忽有黃鸝鳴。一聲夢斷楚江曲，滿眼故園春意生。目極千里無山河，麥芒際天搖青波。王畿優本少賦役，務閑酒熟饒經過。此時晴煙最深處，舍南巷北遥相語。翻日迥度昆明飛，凌風邪看細柳翥。我今誤落千萬山，身同傖人不思還。鄉禽何事亦來此，令我生心憶桑梓。閉聲迴翅歸務速，西林紫椹行當熟。

楊白花

楊白花，風吹渡江水。坐令宮樹無顏色，搖蕩春光千萬里。茫茫曉日下長秋，哀歌未斷城鴉起。

漁翁

漁翁夜傍西巖宿，曉汲清湘燃楚竹。煙銷日出不見人，欸乃一聲山水緑。迴看天際下中流，巖上無心雲相逐。

飲酒

今旦少愉樂，起坐開清樽。舉觴酹先酒，遺我驅憂煩。須臾心自殊，頓覺天地暄。連山變幽晦，緑水函晏温。藹藹南郭門，樹木一何繁。清陰可自庇，竟夕聞佳言。盡醉無復辭，偃卧有芳蓀。彼哉晉楚富，此道未必存。

讀書

幽沉謝世事，俛默窺唐虞。上下觀古今，起伏千萬途。遇欣或自笑，感戚亦以吁。縹帙各舒散，前後互相逾。瘴痾擾靈府，日與往昔殊。臨文乍了了，徹卷兀若無。竟夕誰與言，但與竹素俱。倦極更倒臥，熟寐乃一蘇。欠伸展肢體，吟咏心自愉。得意適其適，非願爲世儒。道盡即閉口，蕭散捐囚拘。巧者爲我拙，智者爲我愚。書史足自悅，安用勤與劬。貴爾六尺軀，勿爲名所驅。

感遇二首（選一）

西陸動涼氣，驚烏號北林。栖息豈殊性，集枯安可任。鴻鵠去不返，

勾吴阻且深。徒嗟日沉湎，丸鼓鶩奇音。東海久摇蕩，南風已駸駸。坐使青天暮，小星愁太陰。衆情嗜姦利，居貨捐千金。危根一以振，齊斧來相尋。攬衣中夜起，感物涕盈襟。微霜衆所踐，誰念歲寒心。

咏史

燕有黄金臺，遠致望諸君。嗛嗛事强怨，三歲有奇勳。悠哉闢疆理，東海漫浮雲。寧知世情異，嘉穀坐熇焚。致令委金石，誰顧蠹蠕群。風波歘潛構，遺恨意紛紜。豈不善圖後，交私非所聞。爲忠不内顧，晏子亦垂文。

詠三良

束帶值明后，顧盼流輝光。一心在陳力，鼎列夸四方。款款効忠信，恩義皎如霜。生時亮同體，死沒寧分張。壯軀閉幽隧，猛志填黃腸。殉死禮所非，況乃用其良。霸基弊不振，晉楚更張皇。疾病命固亂，魏氏言有章。從邪陷厥父，吾欲討彼狂。

詠荆軻

燕秦不兩立，太子已爲虞。千金奉短計，匕首荆卿趨。窮年徇所欲，兵勢且見屠。微言激幽憤，怒目辭燕都。朔風動易水，揮爵前長驅。函首致宿怨，獻田開版圖。炯然耀電光，掌握罔正夫。造端何其鋭，臨事竟

趑趄。長虹吐白日，蒼卒反受誅。按劍赫憑怒，風雷助號呼。慈父斷子首，狂走無容軀。夷城芟七族，臺觀皆焚污。始期憂患弭，卒動災禍樞。秦皇本詐力，事與桓公殊。奈何効曹子，實謂勇且愚。世傳故多謬，太史徵無且。

春懷故園

九扈鳴已晚，楚鄉農事春。悠悠故池水，空待灌園人。

佩韋賦

柳子讀古書，睹直道守節者即壯之，蓋有激也。恒懼過而失中庸之義，慕西門氏佩韋以戒，故作是賦。其辭曰：

邈予生此下都兮，塊天質之慤醇。日月迭而化升兮，霈遁初而枉神。離大素而生華兮，汩末流以喪真。睎往躅而周章兮，懵倚伏其無垠。世既奪予之大和兮，眷授予以經常。循聖人之通途兮，鬱縱臾而不揚。猶悉力而究陳兮，獲貞則于典章。嫉時以奮節兮，憫己以抑志。登嵩丘而垂目兮，瞰中區之疆理。橫萬里而極海兮，頹風浩其四起。恟驚怛而躑躅兮，惡浮詐之相詭。思貢忠于明后兮，振教導乎遐軌。紛吾守此狂狷兮，懼執競而不柔。探先哲之奧謨兮，攀往烈之洪休。曰沈潛而剛克兮，固讜人之嘉猷。嗟行行而躓踣兮，信往古之所仇。彼穹壤之廓殊兮，寒與暑而交修。執中而俟命兮，固仁聖之善謀。

吾祖士師之直道兮，亦愀然於伐國。尼父戮齊而誅卯兮，本柔仁以作極。藺疏顏以誚秦兮，入降廉猶臣僕。吉優繇而布和兮，殘萑蒲以屏慝。劇拔刃于霸侯兮，退匑匑而畏服。寬與猛其相濟兮，孰不頌兹之盛德。克明哲而保躬兮，恢大雅之所勖。

陽宅身以執剛兮，率易帥而蒙辜。羽愎心以驁志兮，首身離而不懲。雲岳岳而專強兮，果黜志而乖圖。咸觸屏以拒訓兮，肆殞越而就陵。冶訐諫于昏朝兮，名崩弛而陷誅。苟縱直而不羈兮，乃變罹而禍仍。歷九折而直奔兮，固摧輈而失途。遵大路而曲轍兮，又求達而不能。廣守柔以允塞兮，抵暴梁而壞節。家撝謙而温美兮，胥子公而喪哲。義師仁而惡很兮，遂潰騰而滅裂。斯委懦以從邪兮，悼上蔡其何補。徐偃柔以屏義兮，倏邦離而身虜。桑弘和而却武兮，涣宗覆而國舉。設任柔而自處兮，蒙大戮而不悟。故曰：純柔純弱兮，必削必薄；純剛純强兮，必喪必亡。韜義于中，服和于躬；和以義宣，剛以柔通。守而不遷兮，變而無窮。交得其宜兮，乃獲其終。姑佩兹韋兮，考古齊同。

亂曰：韋之申申，佩于躬兮。本正生和，探厥中兮。哲人交修，樂有終兮；庶寡其過，追古風兮。

按：西門豹性急，故佩韋以自緩；董安于性緩，故佩弦以自急。韋，皮繩，喻緩也；弦，弓弦，喻急也。事見《韓非子》。

瓶賦

昔有智人，善學鴟夷。鴟夷蒙鴻，罍罃相追。諂誘吉士，喜悦依隨。開喙倒腹，斟酌更持。味不苦口，昏至莫知。頽然縱傲，與亂爲期。視白成黑，顛倒妍媸。己雖自售，人或以危。敗衆亡國，流連不歸。誰主斯罪？鴟夷之爲。

不如爲瓶，居井之眉。鈎深挹潔，淡泊是師。和齊五味，寧除渴飢。不甘不壞，久而莫遺。清白可鑒，終不媚私。利澤廣大，孰能去之？綆絶身破，何足怨咨。功成事遂，復于土泥。歸根反初，無慮無思。何必巧曲，徼覬一時。子無我愚，我智如斯。

按，東坡云：揚子雲《酒箴》，有問無答。子厚《瓶賦》，蓋補亡耳。子厚以瓶爲智，幾於信道知命者。晁太史無咎取公此賦于《變騷》，而繫之以詞曰：昔揚雄作《酒箴》，謂鴟夷盛酒而瓶藏水，酒甘以喻小人，水淡以比君子。故鴟夷以親近託車，而瓶以疏遠居井而羸，此雄欲同塵於皆醉者之詞也。故宗元復正論以反之，以謂寧爲瓶之潔以病己，無爲鴟夷之旨以愚人。蓋更相明，亦猶雄爲《反騷》，非反也，合也。

牛賦

若知牛乎？牛之爲物，魁形巨首。垂耳抱角，毛革疏厚。牟然而鳴，黃鍾滿脰。抵觸隆曦，日耕百畝。往來修直，植乃禾黍。自種自斂，服箱以走。輸入官倉，己不適口。富窮飽飢，功用不有。陷泥蹙塊，常在草野。人不慚愧，利滿天下。皮角見用，肩尻莫保。或穿緘縢，或實俎豆。由是觀之，物無踰者。

不如羸驢，服逐駑馬。曲意隨勢，不擇處所。不耕不駕，藿菽自與。騰踏康莊，出入輕舉。喜則齊鼻，怒則奮躑。當道長鳴，聞者驚辟。善識門户，終身不惕。

牛雖有功，于己何益？命有好醜，非若能力。慎勿怨尤，以受多福。

按：公之《瓶賦》《牛賦》，其辭皆有所託，當是謫永州後感憤而作。以牛自喻，謂牛有耕墾之勞，利滿天下，而終不得其所爲緘縢俎豆之用。雖有功于世，而無益于己。彼羸驢駑馬，曲意從人，而反得所安，終謂命有好醜，非若能力，皆感憤之辭也。東坡云：嶺外俗皆恬殺牛，海南爲甚。乃書子厚《牛賦》遺瓊州僧道贇，使曉諭之。即書此賦也。

解祟賦 并序

柳子既謫，猶懼不勝其口，筮以《玄》，遇《干》之八。其贊曰：

『赤舌燒城，吐水于瓶。』其測曰：『君子解祟也。』喜而爲之賦。

胡赫炎薰熇之烈火兮，而生夫人之齒牙。上殫飛而莫遁，旁窮走而逾加。九泉焦枯而四海滲涸兮，紛揮霍而要遮。風雷唬唬以爲橐籥兮，回祿煽怒而喊呀。炖堪輿爲甗鏉兮，爇雲漢而成霞。鄧林大椿不足以充於燎兮，倒扶桑落棠膠轕而相叉。膏搖脣而增熾兮，焰掉舌而彌葩。沃無瓶兮撲無篲。金流玉鑠兮，曾不自比於塵沙。獨凄己而燠物，愈騰沸而骹齣。

吾懼夫灼爛灰滅之爲禍，往搜乎《太玄》之奧，訟衆正，訴群邪。曰：去爾中躁與外撓，姑務清爲室而静爲家。苟能是，則始也汝邇，今也汝遐。凉汝者進，烈汝者賒。譬之猶豁天淵而覆原燎，夫何長喙之紛拏。今汝不知清己之慮，而惡人之譁；不知静之爲勝，而動焉是嘉。徒遑遑乎狂奔而西傃，盛氣而長嗟。不亦遼乎！

於是釋然自得，以泠風濯熱，以清源滌瑕。履仁之實，去盜之夸。冠太清之玄冕，佩至道之瑶華。鋪冲虚以爲席，駕恬泊以爲車。瀏乎以遊於萬物者，始彼狙雌倏施，而以祟爲利者，夫何爲耶！

懲咎賦

懲咎愆以本始兮，孰非余心之所求？處卑污以閔世兮，固前志之爲尤。始余學而觀古兮，怪今昔之異謀。惟聰明爲可考兮，追駿步而遐游。潔誠之既信直兮，仁友藹而萃之。日施陳以繫縻兮，邀堯、舜與之爲師。上睢盱而混茫兮，下駁詭而懷私。旁羅列以交貫兮，求大中之所宜。曰道有象兮，而無其形。推變乘時兮，與志相迎。不及則殆兮，過則失貞。謹守而中兮，與時偕行。萬類芸芸兮，率由以寧。剛柔弛張兮，出入綸經。

登能抑枉兮，白黑濁清。蹈乎大方兮，物莫能嬰。

奉訏謨以植内兮，欣余志之有獲。再徵信乎策書兮，謂炯然而不惑。愚者果於自用兮，惟懼夫誠之不一。不顧慮以周圖兮，專兹道以爲服。讒妬構而不戒兮，猶斷斷於所執。哀吾黨之不淑兮，遭任遇之卒迫。勢危疑而多詐兮，逢天地之否隔。欲圖退而保己兮，悼乖期乎曩昔。欲操術以致忠兮，衆呀然而互嚇。進與退吾無歸兮，甘脂潤乎鼎鑊。幸皇鑒之明宥兮，纍郡印而南適。惟罪大而寵厚兮，宜夫重仍乎禍謫。既明懼乎天討兮，又幽慄乎鬼責。惶惶乎夜寤而晝駭兮，類麏麚之不息。

凌洞庭之洋洋兮，泝湘流之沄沄。飄風擊以揚波兮，舟摧抑而迴邅。日霾曀以昧幽兮，黝雲涌而上屯。暮屑窣以淫雨兮，聽嗷嗷之哀猨。衆烏萃而啾號兮，沸洲渚以連山。漂遥逐其詎止兮，逝莫屬余之形魂。攢巒奔以紆委兮，束洶湧之崩湍。畔尺進而尋退兮，蕩洄汩乎淪漣。際窮冬而止居兮，羈纍棼以縈纏。

哀吾生之孔艱兮，循《凱風》之悲詩。罪通天而降酷兮，不亟死而生爲。逾再歲之寒暑兮，猶貿貿而自持。將沉淵而殞命兮，詎蔽罪以塞禍。惟滅身而無後兮，顧前志猶未可。進路呀以劃絶兮，退伏匿又不果。爲孤囚以終世兮，長拘攣而轗軻。曩余志之修蹇兮，今何爲此戾也？夫豈貪食而盜名兮，不混同於世也。將顯身以直遂兮，衆之所宜蔽也。不擇言以危肆兮，固群禍之際也。御長轅之無橈兮，行九折之峨峨。却驚棹以横江兮，泝淩天之騰波。幸余死之已緩兮，完形軀之既多。苟餘齒之有懲兮，蹈前烈而不頗。死蠻夷固吾所兮，雖顯寵其焉加？配大中以爲偶兮，諒天命之謂何。

按：《唐書》本傳載此賦。曰：宗元不得召，内憫悼，悔念往咎，作賦自儆。蓋爲永州司馬時作也。晁太史取此賦於《續楚辭》，序曰：宗元竄斥崎嶇蠻瘴間，堙阨感鬱，一寓於文，爲離騷數十篇。懲咎者，悔志也。其言曰：『苟余齒之有懲兮，蹈前烈而不頗。』後之君子，欲成人之美者，讀而悲之。

閔生賦

閔吾生之險阨兮，紛喪志以逢尤。氣沉鬱以杳眇兮，涕浪浪而常流。膏液竭而枯居兮，魄離散而遠游。言不信而莫余白兮，雖遑遑欲焉求。合喙而隱志兮，幽默以待盡。爲與世而斥謬兮，固離披以顛隕。騏驥之棄辱兮，駑駘以爲騁。玄虬蹶泥兮，畏避鼃黽。行不容之崢嶸兮，質魁壘而無所隱。鱗介槁以横陸兮，鴟嘯群而厲吻。心沉抑以不舒兮，形低摧而自愍。

肆余目於湘流兮，望九疑之垠垠。波淫溢以不返兮，蒼梧鬱其蜚雲。重華幽而野死兮，世莫得其僞真。屈子之悁微兮，抗危辭以赴淵。古固有此極憤兮，矧吾生之藐艱。列往則以考己兮，指斗極以自陳。登高嵒而企踵兮，瞻故邦之殷轔。山水浩以蔽虧兮，路蓊勃以揚氛。空廬頹而不理兮，翳丘木之榛榛。塊窮老以淪放兮，匪魑魅吾誰鄰？

仲尼之不惑兮，有垂訓之謨言。孟軻四十乃始持心兮，猶希勇乎黝、賁。顧余質愚而齒減兮，宜觸禍以阽身。知徙善而革非兮，又何懼乎今之人。

噫！禹績之勤備兮，曾莫理夫兹川。殷、周之廓大兮，南不盡夫衡山。余囚楚、越之交極兮，邈離絶乎中原。壤汙潦以墳洳兮，蒸沸熱而恒昏。戲凫鸛乎中庭兮，蒹葭生於堂筵。雄虺蓄形於木杪兮，短狐伺景於深淵。

仰矜危而俯慄兮，弭日夜之拳攣。慮吾生之莫保兮，忝代德之元醇。孰眇軀之敢愛兮，竊有繼乎古先。明神之不欺余兮，庶激烈而有聞。冀後害之無辱兮，匪徒蓋乎曩愆。

按，《賦》云：『肆余目於湘流兮。』蓋在永州時作。又云『孟軻四十乃始持心兮』云云，『顧余質愚而齒減兮』云云，當是四十以前也。其諸元和五六年間作歟？

夢歸賦

罹擯斥以窘束兮，余惟夢之爲歸。精氣注以凝沍兮，循舊鄉而顧懷。夕余寐於荒陬兮，心慊慊而莫違。質舒解以自恣兮，息愔翳而愈微。歘騰踴而上浮兮，俄滉瀁之無依。圓方混而不形兮，顥醇白之霏霏。上茫茫而無星辰兮，下不見夫水陸。若有鉥余以往路兮，馭儗儗以回復。浮雲縱以直度兮，云濟余乎西北。風纚纚以經耳兮，類行舟迅而不息。洞然于以瀰漫兮，虹蜺羅列而傾側。横衝飆以盪擊兮，忽中斷而迷惑。靈幽漠以瀄汩兮，進怊悵而不得。白日邈其中出兮，陰霾披離以泮釋。施岳瀆以定位兮，互參差之白黑。忽崩騫上下兮，聊按行而自抑。指故都以委墜兮，瞰鄉閭之脩直。原田蕪穢兮，峥嶸榛棘。喬木摧解兮，垣廬不飾。山嵎嵎以巖立兮，水汩汩以漂激。魂恍惘若有亡兮，涕汪浪以隕軾。類曛黃之黭漠兮，欲周流而無所極。紛若喜而佁儗兮，心回互以壅塞。鍾鼓喤以戒旦兮，陶去幽而開寤。罾罻蒙其復體兮，孰云桎梏之不固？精誠之不可再兮，余無蹈夫歸路。

偉仲尼之聖德兮，謂九夷之可居。惟道大而無所入兮，猶流游乎曠野。老聃遁而適戎兮，指淳茫以縱步。蒙莊之恢怪兮，寓大鵬之遠去。苟遠適之若茲兮，胡爲故國之爲慕？

首丘之仁類兮，斯君子之所譽。鳥獸之鳴號兮，有動心而曲顧。膠余衷之莫能捨兮，雖判析而不悟。列茲夢以三復兮，極明昏而告訴。

按：公在永州，懷思鄉閭而作也。

囚山賦

楚越之郊環萬山兮，勢騰踴夫波濤。紛對迴合仰伏以離迾兮，若重墉之相褒。争生角逐上軼旁出兮，其下坼裂而爲壕。欣下頹以就順兮，曾不畝平而又高。沓雲雨而漬厚土兮，蒸鬱勃其腥臊。陽不舒以擁隔兮，群陰沍而爲曹。側耕危穫苟以食兮，哀斯民之增勞。攢林麓以爲叢棘兮，虎豹咆㘚代狴牢之吠嗥。胡井眢以管視兮，窮坎險其焉逃。顧幽昧之罪加兮，雖聖猶病夫嗷嗷。匪兕吾爲柙兮，匪豕吾爲牢。積十年莫吾省者兮，增蔽吾以蓬蒿。聖日以理兮，賢日以進，誰使吾山之囚吾兮滔滔？

按：永貞元年，公謫居永州。元和九年，有此賦。晁太史無咎序公此賦於《變騷》曰：《語》云：仁者樂山。自昔達人，有以朝市爲樊籠者矣，未聞以山林爲樊籠也。宗元謫南海久，厭山不可得而出，懷朝市不可得而復，丘壑草木之可愛者，皆陷穽也，故賦《囚山》。淮南小山之辭，亦言山中不可以久留，以謂賢人遠伏，非所宜爾，何至以幽獨爲狴牢，不可一日居哉？然終其意近《招隱》，故録之。

愈膏肓疾賦

景公夢疾膏肓，尚謂虚假，命秦緩以候問，遂俯伏于堂下。公曰：『吾今形體不衰，筋力未寡，子言其有疾者，何也？』秦緩乃窮神極思，曰：

『夫上醫療未萌之兆，中醫攻有兆之者。目定死生，心存取捨，亦猶卞和獻含璞之璧，伯樂相有孕之馬。然臣之遇疾，如泥之處埏，疾之遇臣，如金之在冶。雖九竅未擁，四支且安。膚腠營胃，外强中乾。精氣內傷，神沮脈殫。以熱益熱，以寒益寒。針灸不達，誠死之端。巫新麥以爲讖，果不得其所餐。』

公曰：『固知天賦性命，如彼暄寒，短不足悲，脩不足歡。哂彼醫兮，徒精厥術，如何爲之可觀？』醫乃勃然變色，攘袂而起：『子無讓我，我謂於子：我之技也，如石投水，如弦激矢。視生則生，視死則死。膏肓之疾不救，衰亡之國不理。巨川將潰，非捧土之能塞；大厦將崩，非一木之能止。斯言足以諭大，子今察乎孰是！』

爰有忠臣，聞之憤怨，忘廢寢食，擗摽感嘆：『生死浩浩，天地漫漫，綏之則壽，撓之則散。善養命者，鮐背鶴髮成童兒。善輔弼者，殷辛、夏桀爲周、漢。非藥曷以愈疾？非兵胡以定亂？喪亡之國，在賢哲之所扶匡；而忠義之心，豈膏肓之所羈絆？余能理亡國之刓弊，愈膏肓之患難，君謂之何以？』

醫曰：『夫八紘之外，六合之中，始自生靈，及乎昆蟲，神安則存，神喪則終。亦猶道之紊也，患出於邪佞；身之憊也，疾生於火風。彼膏肓之與顛覆，匪藥石而能攻者哉？』

因此而言曰：『余今變禍爲福，易曲成直。寧關天命，在我人力。以忠孝爲干櫓，以信義爲封殖。拯厥兆庶，綏乎社稷。一言而熒惑退舍，一揮而羲和匪昃。桑穀生庭而自滅，野雉雊鼎而自息。誠天地之無親，曷膏肓之能極？』醫者遂口噤心醉，跼斂茫然，投棄針石，匍匐而前：『吾謂治國在天，子謂治國在賢；吾謂命不可續，子謂命將可延。詎知國不足理，疾不足痊。佐荒淫爲聖主，保夭壽爲長年。皆正直之是與，庶將來之勉旃！』

按，成十年《左氏》：晉景公疾病，求醫於秦。秦伯使醫緩爲之。未至，公夢疾爲二竪子，曰：『彼良醫也，懼傷我焉。』其一曰：『居肓之上，膏之下，若我何！』醫至，曰：『疾不可爲也。』肓，鬲也。心下爲膏。公借此以論治國之理焉。晏元獻嘗親書此賦云：膚淺不類柳文，宜去之。或曰：公少時作也。肓，音荒。

封建論

天地果無初乎？吾不得而知之也。生人果有初乎？吾不得而知之也。然則孰爲近？曰：有初爲近。孰明之？由封建而明之也。彼封建者，更古聖王堯、舜、禹、湯、文、武而莫能去之。蓋非不欲去之也，勢不可也。

勢之來，其生人之初乎？不初，無以有封建。封建，非聖人意也。

彼其初與萬物皆生，草木榛榛，鹿豕狉狉，人不能搏噬，而且無毛羽，莫克自奉自衛，荀卿有言『必將假物以爲用』者也。夫假物者必爭，爭而不已，必就其能斷曲直者而聽命焉。其智而明者，所伏必衆；告之以直而不改，必痛之而後畏；由是君長刑政生焉。故近者聚而爲群。群之分，其爭必大，大而後有兵有德。又有大者，衆群之長又就而聽命焉，以安其屬，於是有諸侯之列。則其爭又有大者焉。德又大者，諸侯之列又就而聽命焉，以安其封，於是有方伯、連帥之類。則其爭又有大者焉。德又大者，方伯、連帥之類，又就而聽命焉，以安其人，然後天下會於一。是故有里胥而後有縣大夫，有縣大夫而後有諸侯，有諸侯而後有方伯、連帥，有方伯、連帥而後有天子。自天子至於里胥，其德在人者，死必求其嗣而奉之。故封建非聖人意也，勢也。

夫堯、舜、禹、湯之事遠矣，及有周而甚詳。周有天下，裂土田而瓜分之，設五等，邦群后，布濩星羅，四周于天下，輪運而輻集。合爲朝覲會同，離爲守臣扞城。然而降于夷王，害禮傷尊，下堂而迎覲者。歷于宣王，挾中興復古之德，雄南征北伐之威，卒不能定魯侯之嗣。陵夷迄於幽、厲，王室東徙，而自列爲諸侯矣。厥後，問鼎之輕重者有之，射王中肩者有之，伐凡伯、誅萇弘者有之，天下乖盭，無君君之心。余以爲周之喪久矣，徒建空名於公侯之上耳。得非諸侯之盛强，末大不掉之咎歟？遂判爲十二，合爲七國，威分于陪臣之邦，國殄于後封之秦。則周之敗端，其在乎此矣。

秦有天下，裂都會而爲之郡邑，廢侯衛而爲之守宰，據天下之雄圖，都六合之上游，攝制四海，運於掌握之內，此其所以爲得也。不數載而天下大壞，其有由矣。亟役萬人，暴其威刑，竭其貨賄。負鋤梃謫戍之徒，圜視而合從，大呼而成群。時則有叛人而無叛吏，人怨於下而吏畏於上，天下相合，殺守劫令而並起。咎在人怨，非郡邑之制失也。

漢有天下，矯秦之枉，徇周之制，剖海內而立宗子，封功臣。數年之間，奔命扶傷而不暇。困平城，病流矢，陵遲不救者三代。後乃謀臣獻畫，而離削自守矣。然而封建之始，郡國居半，時則有叛國而無叛郡。秦制之得，亦以明矣。繼漢而帝者，雖百代可知也。

唐興，制州邑，立守宰，此其所以爲宜也。然猶桀猾時起，虐害方域者，失不在於州而在於兵，時則有叛將而無叛州。州縣之設，固不可革也。

或者曰：『封建者，必私其土，子其人，適其俗，修其理，施化易也。守宰者，苟其心，思遷其秩而已，何能理乎？』余又非之。周之事跡，斷可見矣。列侯驕盈，黷貨事戎。大凡亂國多，理國寡。侯伯不得變其政，天子不得變其君。私土子人者，百不有一。失在於制，不在於政，周事然也。秦之事跡，亦斷可見矣。有理人之制，而不委郡邑，是矣；有理人之臣，而不使守宰，是矣。郡邑不得正其制，守宰不得行其理，酷刑苦役，而萬人側目。失在於政，不在於制，秦事然也。漢興，天子之政行於郡，不行於國；制其守宰，不制其侯王。侯王雖亂，不可變也；國人雖病，不可除也。及夫大逆不道，然後掩捕而遷之，勒兵而夷之耳。大逆未彰，奸利浚財，怙勢作威，大刻于民者，無如之何。及夫郡邑，可謂理且安矣。何以言之？且漢知孟舒於田叔，得魏尚於馮唐，聞黃霸之明審，睹汲黯之簡靖，拜之可也，復其位可也，卧而委之以輯一方可也。有罪得以黜，有能得以賞。朝拜而不道，夕斥之矣；夕受而不法，朝斥之矣。設使漢室盡城邑而侯王之，縱令其亂人，戚之而已。孟舒、魏尚之術，莫得而施；黃霸、汲黯之化，莫得而行。明譴而導之，拜受而退已違矣。下令而削之，締交合從之謀，周于同列，則相顧裂眦，勃然而起。幸而不起，則削其半。削其半，民猶瘁矣，曷若舉而移之以全其人乎？漢事然也。今國家盡制郡邑，連置守宰，其不可變也固矣。善制兵，謹擇守，則理平矣。

或者又曰：『夏、商、周、漢封建而延，秦郡邑而促。』尤非所謂知理者也。魏之承漢也，封爵猶建。晉之承魏也，因循不革。而二姓陵替，不聞延祚。今矯而變之，垂二百祀，大業彌固，何繫於諸侯哉？

或者又以爲：『殷、周，聖王也，而不革其制，固不當復議也。』是大不然。夫殷、周之不革者，是不得已也。蓋以諸侯歸殷者三千焉，資以黜夏，湯不得而廢；歸周者八百焉，資以勝殷，武王不得而易。徇之以爲安，仍之以爲俗，湯、武之所不得已也。夫不得已，非公之大者也，私其力於己也，私其衛於子孫也。秦之所以革之者，其爲制，公之大者也；其情，私也，私其一己之威也，私其盡臣畜於我也。然而公天下之端自秦始。

夫天下之道，理安，斯得人者也。使賢者居上，不肖者居下，而後可以理安。今夫封建者，繼世而理。繼世而理者，上果賢乎？下果不肖乎？則生人之理亂未可知也。將欲利其社稷，以一其人之視聽，則又有世大夫世食禄邑，以盡其封略。聖賢生于其時，亦無以立於天下，封建者爲之也。豈聖人之制使至於是乎？吾固曰：『非聖人之意也，勢也。』

晉文公問守原議

晉文公既受原於王，難其守。問寺人教鞮，以畀趙衰。余謂守原，政之大者也，所以承天子，樹霸功，致命諸侯，不宜謀及媟近，以忝王命。而晉君擇大任，不公議於朝，而私議於宮。不博謀於卿相，而獨謀於寺人。雖或衰之賢足以守，國之政不爲敗，而賊賢失政之端，由是滋矣。況當其時不乏言議之臣乎？狐偃爲謀臣，先軫將中軍，晉君疏而不咨，外而不求，乃卒定於内豎，其可以爲法乎？且晉君將襲齊桓之業，以翼天子，乃大志也。然而齊桓任管仲以興，進豎刁以敗。則獲原啓疆，適其始政，所以觀示諸侯也，而乃背其所以興，跡其所以敗。然而能霸諸侯者，以土則大，以力則强，以義則天子之册也。誠畏之矣，烏能得其心服哉！其後景監得以相衛鞅，弘、石得以殺望之，誤之者晉文公也。

嗚呼！得賢臣以守大邑，則問非失舉也，蓋失問也。然猶羞當時陷後代若此，況於問與舉又兩失者，其何以救之哉？余故著晉君之罪，以附《春秋》許世子止、趙盾之義。

按：唐自德宗懲艾泚賊，故以左右神策、天威等軍，委宦者主之，置護軍中尉、中護軍，分提禁兵，威柄下遷，政在宦人。其視晉文問原守於寺人尤甚。公此議雖曰論晉文之失，其意實慨當時宦者之禍。逮憲宗元和十五年，而陳弘志之亂作，公之先見，至是驗矣。

駁復讎議

臣伏見天后時，有同州下邽人徐元慶者，父爽爲縣尉趙師韞所殺，卒能手刃父讎，束身歸罪。當時諫臣陳子昂建議誅之而旌其閭，且請編之於令，永爲國典。臣竊獨過之。

臣聞禮之大本，蓋以防亂也，若曰無爲賊虐，凡爲子者殺無赦；刑之大本，亦以防亂也，若曰無爲賊虐，凡爲治者殺無赦。其本則合，其用則異，旌與誅莫得而並焉。誅其可旌，茲謂濫，黷刑甚矣；旌其可誅，茲謂僭，壞禮甚矣。果以是示于天下，傳于後代，趨義者不知所以向，違害者不知所以立，以是爲典可乎？

蓋聖人之制，窮理以定賞罰，本情以正褒貶，統於一而已矣。嚮使刺讞其誠僞，考正其曲直，原始而求其端，則刑禮之用，判然離矣。何者？若元慶之父，不陷於公罪，師韞之誅，獨以其私怨，奮其吏氣，虐于非辜，州牧不知罪，刑官不知問，上下蒙冒，籲號不聞；而元慶能以戴天爲大恥，枕戈爲得禮，處心積慮，以衝讎人之胸，介然自克，即死無憾，是守禮而行義也。執事者宜有慚色，將謝之不暇，而又何誅焉？其或元慶之父，不免於罪，師韞之誅，不愆於法，是非死於吏也，是死於法也。法其可讎乎？讎天子之法，而戕奉法之吏，是悖驁而凌上也。執而誅之，所以正邦典，而又何旌焉？

且其議曰：『人必有子，子必有親，親親相讎，其亂誰救？』是惑於禮也甚矣。禮之所謂讎者，蓋以冤抑沉痛而號無告也；非謂抵罪觸法，陷于大戮。而曰『彼殺之，我乃殺之』，不議曲直，暴寡脅弱而已。其非經背聖，不亦甚哉！《周禮》：『調人，掌司萬人之讎。』『凡殺人而義者，令勿讎，讎之則死。』『有反殺者，邦國交讎之。』又安得親親相讎也？《春秋公羊傳》曰：『父不受誅，子復讎可也。父受誅，子復讎，此推刃之道。復讎不除害。』今若取此以斷兩下相殺，則合於禮矣。且夫不忘讎，孝也；不愛死，義也。元慶能不越於禮，服孝死義，是必達理而聞道者也。夫達理聞道之人，豈其以王法爲敵讎者哉？議者反以爲戮，黷刑壞禮，其不可以爲典，明矣。

請下臣議，附于令。有斷斯獄者，不宜以前議從事。謹議。

桐葉封弟辯

古之傳者有言，成王以桐葉與小弱弟，戲曰：『以封汝。』周公入賀。王曰：『戲也。』周公曰：『天子不可戲。』乃封小弱弟於唐。

吾意不然。王之弟當封耶？周公宜以時言於王，不待其戲而賀以成之也。不當封耶？周公乃成其不中之戲，以地以人與小弱者爲之主，其得爲聖乎？且周公以王之言，不可苟焉而已，必從而成之耶？設有不幸，王以桐葉戲婦寺，亦將舉而從之乎？凡王者之德，在行之何若。設未得其當，雖十易之不爲病。要於其當，不可使易也，而況以其戲乎？若戲而必行之，是周公教王遂過也。

吾意周公輔成王，宜以道，從容優樂，要歸之大中而已，必不逢其失而爲之辭。又不當束縛之，馳驟之，使若牛馬然，急則敗矣。且家人父子尚不能以此自克，況號爲君臣者耶？是直小丈夫𫐄𫐄者之事，非周公所宜用，故不可信。

或曰：封唐叔，史佚成之。

按，《史記·晋世家》：成王與叔虞戲，削桐葉爲珪，以與叔虞曰：『以此封若。』史佚因請擇日立之。成王曰：『吾與之戲耳。』史佚曰：『天子無戲言。』於是遂封叔虞於唐。此則桐葉封弟，史佚成之，明矣。若曰周公入賀，《史》不之見。

箕子碑

凡大人之道有三：一曰正蒙難，二曰法授聖，三曰化及民。殷有仁人曰箕子，實具茲道，以立于世。故孔子述六經之旨，尤殷懃焉。

當紂之時，大道悖亂，天威之動不能戒，聖人之言無所用。進死以併命，誠仁矣，無益吾祀，故不爲；委身以存祀，誠仁矣，與去吾國，故不忍。具是二道，有行之者矣。是用保其明哲，與之俯仰，晦是謨範，辱於囚奴，昏而無邪，隤而不息。故在《易》曰『箕子之明夷』，正蒙難也。及天命既改，生人以正。乃出大法，用爲聖師，周人得以序彝倫而立大典。故在《書》曰『以箕子歸，作《洪範》』，法授聖也。及封朝鮮，推道訓俗，惟德無陋，惟人無遠，用廣殷祀，俾夷爲華，化及民也。率是大道，藂于厥躬，天地變

唐故特進贈開府儀同三司揚州大都督南府君睢陽廟碑 并序

急病讓夷義之先,圖國忘死貞之大。利合而動,乃市賈之相求;恩加而感,則報施之常道。睢陽所以不階王命,橫絶凶威,超千祀而挺生,奮百代而特立者也。

時惟南公,天與拳勇,神資機智,藝窮百中,豪出千人。不遇興詞,鬱龍眉之都尉;數奇見惜,挫猿臂之將軍。天寶末,寇劇憑陵,隳突河、華。天旋虧斗極之位,地圮積狐狸之穴。親賢在庭,子駿陳謨以佐命;元老用武,夷甫委師而勸進。惟公與南陽張公巡、高陽許公遠,義氣懸合,訏謀大同。誓鳩武旅,以遏橫潰。裂裳

嘉先生獨列於《易》象,作是頌云:

蒙難以正,授聖以謨。宗祀用繁,夷民其蘇。憲憲大人,顯晦不渝。聖人之仁,道合隆汚。明哲在躬,不陋爲奴。沖讓居禮,不盈稱孤。高而無危,卑不可踰。非死非去,有懷故都。時詘而伸,卒爲世模。《易》象是列,文王爲徒。大明宣昭,崇祀式孚。古闕頌辭,繼在後儒。

按:箕子名胥餘,紂之諸父。

唐故特進贈開府儀同三司揚州大都督南府君睢陽廟碑

化,我得其正,其大人歟?

於虖!當其周時未至,殷祀未殄,比干已死,微子已去,向使紂惡未稔而自斃,武庚念亂以圖存,國無其人,誰與興理?是固人事之或然者也。然則先生隱忍而爲此,其有志於斯乎?唐某年作廟汲郡,歲時致祀。

而千里來應，左袒而一呼皆至。柱厲不知而死難，狼瞫見黜而奔師。忠謀朗然，萬夫齊力。公以推讓，且專奮擊，爲馬軍兵馬使。出戰則群校同强，入守而百雉齊固。初據雍丘，謂非要害。將保江、淮之臣庶，通南北之奏復，拔我義類，扼於睢陽。前後捕斬要遮，凶氣連沮。漢兵已絶，守疏勒而彌堅；虜騎雖强，頓盱眙而不進。

賊徒乃棄疾於我，悉衆合圍。技雖窮於九攻，志益專於三板。偪陽懸布之勁，汧城鑿穴之奇。息意牽羊，羞鄭師之大臨；甘心易子，鄙宋臣之病告。諸侯環顧而莫救，國命阻絶而無歸。以有盡之疲人，敵無已之强寇。公乃躍馬潰圍，馳出萬衆，抵賀蘭進明乞師。進明乃張樂侑食，以好聘待之。公曰：『敝邑父子相食，而君辱以燕禮，獨何心歟？』乃自噬其指曰：『噉此足矣！』遂慟哭而返，即死孤城。首碎秦庭，終懵《無衣》之賦；身離楚野，徒傷帶劍之辭。至德二年十月，城陷遇害。無傅燮之嘆息，有周苛之慷慨。聞義能徙，果其初心。烈士抗詞，痛臧洪之同日；直臣致憤，惜蔡恭於累旬。

朝廷加贈特進揚州大都督，功定爲第一等，與張氏、許氏並立廟睢陽，歲時致祭。男在襁褓，皆受顯秩，賜之土田。葬刻鮑信之形，陵圖龐德之狀。納宦其子，見勾踐之心；羽林字孤，知孝武之志。舉門關於周典，徵印綬於漢儀。王猷以光，寵錫斯備。

於戲！睢陽之事，不唯以能死爲勇，善守爲功；所以出奇以恥敵，立懂以怒寇，俾其專力於東南，而去備於西北，力專則堅城必陷，備去則天討可行。是故即城陷之辰，爲剋敵之日。世徒知力保於江、淮，而不知功靖乎醜虜。論者或未之思歟！

公諱霽雲，字某，范陽人。有子曰承嗣，七歲爲婺州別駕，賜緋魚袋，歷刺施、涪二州。服忠思孝，無替負荷。懼祠宇久遠，德音不形，願斲堅石，假辭紀美。惟公信以許其友，剛以固其志，仁以殘其肌，勇以振其氣，忠以摧其敵，烈以死其事，出乎内者合於貞，行乎外者貫於義，是其所以奮百代而超千祀者矣。其志不亦宜乎？廟貌斯存，碑表攸託。洛陽城下，思鄉之夢儻來；麒麟閣中，即圖之詞可繼。銘曰：

貞以圖國，義惟急病。臨難忘身，見危致命。漢寵死事，周崇死政。烈烈南公，忠出其性。控扼地利，奮揚兵柄。東護吴、楚，西臨周、鄭。婪婪群凶，害氣彌盛。長蛇封豕，踴躍不定。屹彼睢陽，制其要領。横潰不流，疾風斯勁。梯衝外舞，缶穴中偵。鈐馬非艱，析骸猶競。浩浩列士，不聞濟師。兵食殲焉，守逾三時。公奮其勇，單車載馳。投軀無告，噬指而歸。力窮就執，猶抗其辭。圭璧可碎，堅貞不虧。寇力東盡，兇威西惡。孤城既拔，渠魁受戮。雷霆之誅，由我而速。巢穴之固，由我而覆。江、漢、淮、湖，群生咸育。倬焉勳烈，孰與齊躅？天子震悼，陟是元功。旌褒有加，命秩斯崇。位尊九牧，禮視三公。建兹祠宇，式是形容。牲牢伊碩，黍稷伊豐。虔虔孝嗣，望慕無窮。刊碑河滸，萬古英風。

按：南府君，名霽雲，魏州頓丘人。禄山反，張巡、許遠守睢陽，遣霽雲乞師於賀蘭進明，不果如請。事詳碑中。霽雲還入城。十月，城陷，與巡等同被害。初贈開府儀同三司，再贈揚州大都督。

段太尉逸事狀

太尉始爲涇州刺史時，汾陽王以副元帥居蒲，王子晞爲尚書，領行營節度使，寓軍邠州，縱士卒無賴。邠人偷嗜暴惡者，卒以貨竄名軍伍中，則肆志，吏不得問。日群行丐取於市，不嗛，輒奮擊折人手足，椎釜鬲甕盎盈道上，袒臂徐去，至撞殺孕婦人。邠寧節度使白孝德以王故，戚不敢言。

太尉自州以狀白府，願計事，至則曰：『天子以生人付公理，公見人被暴害，因恬然，且大亂，若何？』孝德曰：『願奉教。』太尉曰：『某爲涇州甚適，少事，今不忍人無寇暴死，以亂天子邊事。公誠以都虞候命某者，能爲公已亂，使公之人不得害。』孝德曰：『幸甚！』如太尉請。既署一月，晞軍士十七人入市取酒，又以刃刺酒翁，壞釀器，酒流溝中。太尉列卒取十七人，皆斷頭注槊上，植市門外。晞一營大譟，盡甲。孝德震恐，召太尉曰：『將奈何？』太尉曰：『無傷也。請辭於軍。』孝德使數十人從太尉，太尉盡辭去，解佩刀，選老躄者一人持馬，至晞門下。甲者出，太尉笑且入曰：『殺一老卒，何甲也？吾戴吾頭來矣。』甲者愕。因諭曰：『尚書固負若屬耶？副元帥固負若屬耶？奈何欲以亂敗郭氏？爲白尚書，出聽我言。』晞出，見太尉。太尉曰：『副元帥勳塞天地，當務始終。今尚書恣卒爲暴，暴且亂，亂天子邊，欲誰歸罪？罪且及副元帥。今邠人惡子弟以貨竄名軍籍中，殺害人，如是不止，幾日不大亂？大亂由尚書出，人皆曰尚書倚副元帥不戢士，然則郭氏功名，其與存者幾何？』言未畢，晞再拜曰：『公幸教晞以道，恩甚大，願奉軍以從。』顧叱左右曰：『皆解甲，散還火伍中，敢譁者死！』太尉曰：『吾未晡食，請假設草具。』既食，曰：『吾疾作，願留宿門下。』命持馬者去，旦日來。遂卧軍中。晞不解衣，戒候卒擊柝衛太尉。旦，俱至孝德所，謝不能，請改過。邠州由是無禍。

先是，太尉在涇州，爲營田官。涇大將焦令諶取人田，自占數十頃，給與農，曰：『且熟，歸我半。』是歲大旱，野無草，農以告諶。諶曰：『我知人數而已，不知旱也。』督責益急。且飢死，農無以償，即告太尉。太尉判狀，辭甚巽，使人來諭諶。諶盛怒，召農者曰：『我畏段某耶？何敢言我？』取判鋪背上，以大杖擊二十，垂死，輿來庭中。太尉大泣曰：『乃我困汝。』即自取水洗去血，裂裳衣瘡，手注善藥，旦夕自哺農者，然後食。取騎馬賣，市穀代償，使勿知。淮西寓軍帥尹少榮，剛直士也，入見諶，大罵曰：『汝誠人耶？涇州野如赭，人且飢死，而必得穀，又用大杖擊無罪者。段公，仁信大人也，而汝不知敬。今段公唯一馬，賤賣市穀入汝，汝又取不耻。凡爲人，傲天災、犯大人、擊無罪者，又取仁者穀，使主人出無馬，汝將何以視天地，尚不愧奴隸耶？』諶雖暴抗，然聞言則大愧流汗，不能食，曰：『吾終不可以見段公。』一夕自恨死。

及太尉自涇州以司農徵，戒其族：『過岐，朱泚幸致貨幣，慎勿納。』及過，泚固致大綾三百匹，太尉婿韋晤堅拒，不得命。至都，太尉怒曰：『果不用吾言。』晤謝曰：『處賤，無以拒也。』太尉曰：『然終不以在吾第。』以綾如司農治事堂，棲之梁木上。泚反，太尉終，吏以告泚，泚取視，其故封識具存。

太尉逸事如右。

元和九年月日，永州司馬員外置同正員柳宗元謹上史館。今之稱太尉大節者，以爲武人，一時奮不慮死，以取名天下，不知太尉之所立如是。宗元嘗出入岐、周、邠、斄間，過真定，北上馬嶺，歷亭鄣堡戍，竊好問老校退卒，能言其事。太尉爲人姁姁，常低首拱手行步，言氣卑弱，未嘗以色待物，人視之，儒者也。遇不可，必達其志，決非偶然者。會州刺史崔公來，言信行直，備得太尉遺事，覆校無疑。或恐尚逸墜，未集太史氏，敢以狀私於執事。謹狀。

按：段太尉，秀實也，字成公。《新》《舊史》皆有傳。此狀，公元和九年在永州作。集又有《與史官韓愈致段太尉逸事書》。狀當在書之先云。

愚溪對

柳子名愚溪而居。五日，溪之神夜見夢曰：『子何辱予，使予爲愚耶？

有其實者，名固從之，今予固若是耶？予聞閩有水，生毒霧厲氣，中之者，溫屯嘔泄，藏石走瀨，連艫糜解。有魚焉，鋸齒鋒尾而獸蹄，是食人，必斷而躍之，乃仰噬焉。故其名曰惡溪。西海有水，散渙而無力，不能負芥，投之則委靡墊沒，及底而後止，故其名曰弱水。秦有水，掎汩泥淖，撓混沙礫，視之分寸，眙若睨壁，淺深險易，昧昧不覿，乃合清渭，以自彰穢跡，故其名曰濁涇。雍之西有水，幽險若漆，不知其所出，故其名曰黑水。夫惡弱，六極也；濁黑，賤名也。彼得之而不辭，窮萬世而不變者，有其實也。今予甚清與美，爲子所喜，而又功可以及圃畦，力可以載方舟，朝夕者濟焉。子幸擇而居予，而辱以無實之名，以爲愚，卒不見德而肆其誣，豈終不可革耶？』

柳子對曰：『汝誠無其實，然以吾之愚而獨好汝，汝惡得避是名耶！

且汝不見貪泉乎？有飲而南者，見交趾寶貨之多，光溢於目，思以兩手左右攫而懷之，豈泉之實耶？過而往貪焉，猶以爲名，今汝獨招愚者居焉，久留而不去，雖欲革其名，不可得矣。夫明王之時，智者用，愚者伏。用者宜邇，伏者宜遠。今汝之託也，遠王都三千餘里，側僻迴隱，蒸鬱之與曹，螺蜯之與居。唯觸罪擯辱愚陋黜伏者，日侵侵以遊汝，闖闖以守汝。汝欲爲智乎？胡不呼今之聰明皎厲，握天子有司之柄以生育天下者，使一經於汝，而唯我獨處？汝既不能得彼，而見獲於我，是則汝之實也。當汝爲愚而猶以爲誣，寧有説耶？」

曰：『是則然矣。敢問子之愚何如而可以及我？』柳子曰：『汝欲窮我之愚説耶？雖極汝之所往，不足以申吾喙；涸汝之所流，不足以濡吾翰。姑示子其略：吾茫洋乎無知，冰雪之交，衆裘我絺；溽暑之鑠，衆從之風，而我從之火。吾蕩而趨，不知太行之異乎九衢，以敗吾車；吾放而游，不知吕梁之異乎安流，以没吾舟。吾足蹈坎井，頭抵木石，衝冒榛棘，僵仆虺蜴，而不知怵惕。何喪何得，進不爲盈，退不爲抑，荒凉昏默，卒不自克。此其大凡者也。願以是污汝，可乎？』

於是溪神深思而嘆曰：『嘻！有餘矣，其及我也。』因俯而羞，仰而吁，涕泣交流，舉手而辭。一晦一明，覺而莫知所之。遂書其對。

按，集有《愚溪詩序》云：『灌水之陽有溪，東流入瀟水，名冉溪。余謫瀟水上，改之爲愚溪。』《愚溪對》作於永州明矣。晁太史無咎取以附《變騷》。其系曰宗元之所作，亦《對襄王》《答客難》之義而託之神也。然嘗論宗元固不愚，夫安能使溪愚哉？竭其智以近利而不獲，既困矣，而始曰我愚。宗元之困，豈愚罪耶？

對賀者

柳子以罪貶永州，有自京師來者，既見，曰：『余聞子坐事斥逐，余適將唁子。今余視子之貌，浩浩然也，能是達矣，余無以唁矣，敢更以爲賀。』柳子曰：『子誠以貌乎則可也，然吾豈若是而無志者耶？姑以戚戚爲無益乎道，故若是而已耳。吾之罪大，會主上方以寬理人，用和天下，故吾得在此。凡吾之貶斥，幸矣，而又戚戚焉，何哉？夫爲天子尚書郎，謀畫無所陳，而群比以爲名。蒙耻遇僇，以待不測之誅。苟人爾，有不汗栗危厲偲偲然者哉！吾嘗静處以思，獨行以求，自以上不得自列於聖朝，下無以奉宗祀，近丘墓，徒欲苟生幸存，庶幾似續之不廢。是以儻蕩其心，倡佯其形，茫乎若昇高以望，潰乎若乘海而無所往，故其容貌如是。子誠以浩浩而賀我，其孰承之乎？嘻笑之怒，甚乎裂眦；長歌之哀，過乎慟哭。庸詎知吾之浩浩，非戚戚之尤者乎？子休矣。』

答問

有問柳先生者曰：『先生貌類學古者，然遭有道不能奮厥志，獨被罪辜，廢斥伏匿。交遊解散，羞與爲戚，生平嚮慕，毀書滅跡。他人有惡，指誘增益，身居下流，爲謗藪澤。罵先生者不忌，陵先生者無謫。遇揖目動，聞言心惕，時行草野，不知何適。獨何劣耶？觀今之賢智，莫不舒翹揚英，推類援朋，疊足天庭，魁壘恢張，群驅連行。奇謀高論，左右抗聲，出入翕忽，擁門填扃，一言出口，流光垂榮。豈非偉耶？先生雖讀古人書，自謂知理道，識事機，而其施爲若是其悖也！狼狽擯僇，何以自表於今之世乎？』先生答曰：『敬聞命。然客言僕知理道、識事機，過矣。僕懵夫屈伸去就，觸罪受辱，幸得聯支體，完肌膚，猶食人之食，衣人之衣，用人之貨，無耕織居販，然而活給羞愧恐慄之不暇，今客又推當世賢智以深致誚責，吾縲囚也，逃山林入江海無路，其何以容吾軀乎？願客少假聲氣，使得詳其心、次其論。』

客曰：『何敢？』先生曰：『僕少嘗學問，不根師說，心信古書，以爲凡事皆易，不折之以當世急務，徒知開口而言，閉目而息，挺而行，躓而伏，不窮喜怒，不究曲直，衝羅陷穽，不知顛踣，愚蠢狂悖，若是甚矣。又何以恭客之教而承厚德哉？今之世，工拙不欺，賢不肖明白。其顯進者，語其德，則皆茫洋深閎，端貞鯁亮，苞并涵養，與道俱往。而僕乃蹇淺窄僻，跳浮嚄唶，抵瑕陷厄，固不足以趑趄批捩而追其跡。擧其理，則皆謨明淵沉，剖微窮深，劈析是非，校度古今。而僕乃緘鉗默塞，耗眊窒惑，抉異探怪，起幽作匿，攸攸恤恤，卒自戕賊，固不足以睢盱激昂而效其則。言其學，則皆總攬羅絡，橫竪雜博，天旋地縮，鬼神交錯。而僕乃單庸撇莩，離疏空虛，竊聽道塗，顓嚚蒙愚，不知所如，固不足以抗顏摇舌而與之俱。稱其文，則皆汗漫輝煌，呼噓陰陽，轇轕三光，陶鎔帝皇。而僕乃朴鄙艱澀，培塿潗湁，毫聯縷緝，塵出坱入，固不足以攄擒踴躍而涉其級。茲四者懸判，雖庸童小女，皆知其不及，而又裹以罪惡，纏以羈縶，客從而擠之，不亦忍乎？且夫白羲、騄耳之得康莊也，逐奔星，先飄風，而跛驢不出泥滓。黃鐘、元間之登清廟也，鏗天地，動神祇，而嗚嗚咬哇，不入里耳。西子、毛嬙之蹈後宮也，曒朝日，焕浮雲，而無鹽逐於鄉里。蛟龍之騰於天淵也，彌六合，澤萬物，而蝦與蛭不離尺水。卓詭倜儻之士之遇明世也，用智能，顯功烈，而麼眇連蹇，顛頓披靡，固其所也。客又何怪哉？且夫一涉險阨，懲而不再者，烈士之志也；知其不可而速已者，君子之事也。吾將竊取之，以没吾世，不亦可乎？」

乃歌曰：「堯、舜之修兮，禹、益之憂兮。能者任而愚者休兮。躍躍蓬藋，樂吾囚兮。文墨之彬彬，足以舒吾愁兮。已乎已乎，曷之求乎！」客乃笑而去。

按：公永貞元年九月，自監察御史坐王叔文黨，黜爲邵州刺史。十一月，改永州司馬。當是到永後作也。

起廢答

柳先生既會州刺史，即治事，還，游于愚溪之上。溪上聚黧老壯齒，

十有一人，謖足以進，列植以慶。卒事，相顧加進而言曰：「今茲是州，起廢者二焉，先生其聞而知之歟？」答曰：「誰也？」曰：「東祠躄浮圖，中厩病顙之駒。」

曰：「若是何哉？」曰：「凡爲浮圖道者，都邑之會必有師，師善爲律，以敕戒始學者與女釋者，甚尊嚴，且優游。躄浮圖有師道，少而病躄，日愈以劇，居東祠十年，扶服輿曳，未嘗及人，側匿愧恐殊甚。今年，他有師道者悉以故去，始學者與女釋者倀倀無所師，遂相與出躄浮圖以爲師，盥濯之，扶持之，壯者執輿，幼者前驅，被以其衣，導以其旗，怵惕疾視，引且翼之。躄浮圖不得已，凡師數百生。日饋飲食，時獻巾帨，洋洋也，舉莫敢踰其制。中厩病顙之駒，顙之病亦且十年，色玄不厖，無異技，硿然大耳。然以其病，不得齒他馬。食斥棄異皂，恒少食，屏立擯辱，掣頓異甚，

垂首披耳，懸涎屬地，凡厩之馬，無肯爲伍。會今刺史以御史中丞來涖吾邦，屏棄群駟，舟以泝江，將至，無以爲乘。厩人咸曰：「病顙駒大而不庬，可秣飾焉；他馬巴、僰庳狹，無可當吾刺史者。」於是衆牽駒上燥土大廡下，薦之席，縻之絲，浴剔蚤鬋，刮惡除洟；莝以雕胡，秣以香萁；錯貝鱗纕，鑿金文羈；絡以和鈴，纓以朱綏；或膏其鬣，或劘其脽；御夫盡飾，然後敢持。除道履石，立之水涯；幢旗前羅，杠蓋後隨；千夫翼衛，當道上馳；抗首出臆，震奮遨嬉。當是時，若有知也，豈不曰宜乎？』

先生曰：『是則然矣，叟將何以教我？』鰲老進曰：『今先生來吾州亦十年，足軼疾風，鼻知膻香，腹溢儒書，口盈憲章，包今統古，進退齊良，然而一廢不復，曾不若躄足涎顙之猶有遭也。朽人不識，敢以其惑，願質之先生。』先生笑且答曰：『叟過矣！彼之病，病乎足與顙也；吾之病，病乎德也。又彼之遭，遭其無耳。今朝廷洎四方，豪傑林立，謀猷川行，群談角智，列坐争英，披華發輝，揮喝雷霆，老者育德，少者馳聲，丱角羈貫，排厠鱗征，一位暫缺，百事交并，騈倚懸足，曾不得逞，不若是州之乏釋師大馬也。而吾以德病伏焉，豈躄足涎顙之可望哉？叟之言過昭昭矣，無重吾罪！』於是鰲老壯齒，相視以喜，且吁曰：『諭之矣！』拱揖而旋，爲先生病焉。

按：亦永州未召時作。

天説

韓愈謂柳子曰：『若知天之説乎？吾爲子言天之説。今夫人有疾痛、倦辱、飢寒甚者，因仰而呼天曰：「殘民者昌，佑民者殃！」又仰而呼天曰：「何爲使至此極戾也？」若是者，舉不能知天。夫果蓏、飲食既壞，蟲生之。人之血氣敗逆壅底，爲癰瘍、疣贅、瘻痔，亦蟲生之。木朽而蝎中，草腐而螢飛，是豈不以壞而後出耶？物壞，蟲由之生；元氣陰陽之壞，人由之生。蟲之生而物益壞，食齧之，攻穴之，蟲之禍物也滋甚。其有能去之者，有功於物者也；繁而息之者，物之讎也。人之壞元氣陰陽也亦滋甚：墾原田，伐山林，鑿泉以井飲，窾墓以送死，而又穴爲偃溲，築爲墻垣、城郭、臺榭、觀游，疏爲川瀆、溝洫、陂池，燧木以燔，革金以鎔，陶甄琢磨，悴然使天地萬物不得其情，倖倖衝衝，攻殘敗撓而未嘗息。其爲禍元氣陰陽也，不甚於蟲之所爲乎？吾意有能殘斯人使日薄歲削，禍元氣陰陽者滋少，是則有功於天地者也；繁而息之者，天地之讎也。今夫人舉不能知天，故爲是呼且怨也。吾意天聞其呼且怨，則有功者受賞必大矣，其禍焉者受罰亦大矣。子以吾言爲何如？』

柳子曰：『子誠有激而爲是耶？則信辯且美矣。吾能終其説。彼上而玄者，世謂之天；下而黄者，世謂之地；渾然而中處者，世謂之元氣；寒而暑者，世謂之陰陽。是雖大，無異果蓏、癰痔、草木也。假而有能去其攻穴者，是物也，其能有報乎？繁而息之者，其能有怒乎？天地，大果蓏也；元氣，大癰痔也；陰陽，大草木也：其烏能賞功而罰禍乎？功者自功，禍者自禍，欲望其賞罰者大謬。呼而怨，欲望其哀且仁者，愈大謬矣。子而信子之仁義以遊其內，生而死爾，烏置存亡得喪於果蓏、癰痔、草木耶？」

按：韓文公登華而哭，有悲絲泣歧之意，惟沈顔能知之。今其言曰，人能賊元氣陰陽而殘人者則有功。蓋有激而云。柳子因而爲之説，謂天地元氣陰陽不能賞功而罰惡。要其歸，欲以仁義自信，其説當矣。然曰天不能賞罰善惡者，何自而勸沮乎？韓文公曰：今之言性者，雜佛老而言。正爲柳子設也。劉禹錫云：子厚作《天説》以折退之之言，非所以盡天人之際，故作《天論》三篇以極其辯。然公繼與禹錫書云：凡子之論，乃吾《天説》注疏耳。

捕蛇者説

永州之野産異蛇，黑質而白章，觸草木盡死，以嚙人，無禦之者。然得而腊之以爲餌，可以已大風、攣踠、瘻、癘，去死肌，殺三蟲。其始，太醫以王命聚之，歲賦其二，募有能捕之者，當其租入，永之人争奔走焉。

有蔣氏者，專其利三世矣。問之，則曰：『吾祖死於是，吾父死於是，今吾嗣爲之十二年，幾死者數矣。』言之，貌若甚慼者。余悲之，且曰：『若

毒之乎？余將告于蒞事者，更若役，復若賦，則何如？』

蔣氏大戚，汪然出涕曰：『君將哀而生之乎？則吾斯役之不幸，未若復吾賦不幸之甚也。嚮吾不爲斯役，則久已病矣。自吾氏三世居是鄉，積於今六十歲矣，而鄉鄰之生日蹙。殫其地之出，竭其廬之入，號呼而轉徙，飢渴而頓踣，觸風雨，犯寒暑，呼嘘毒癘，往往而死者相藉也。曩與吾祖居者，今其室十無一焉；與吾父居者，今其室十無二三焉；與吾居十二年者，今其室十無四五焉，非死即徙爾。而吾以捕蛇獨存。悍吏之來吾鄉，叫囂乎東西，隳突乎南北，譁然而駭者，雖鷄狗不得寧焉。吾恂恂而起，視其缶，而吾蛇尚存，則弛然而卧。謹食之，時而獻焉。退而甘食其土之有，以盡吾齒。蓋一歲之犯死者二焉，其餘則熙熙而樂，豈若吾鄉鄰之旦旦有是哉！今雖死乎此，比吾鄉鄰之死則已後矣，又安敢毒耶！』

余聞而愈悲。孔子曰：『苛政猛於虎也。』吾嘗疑乎是，今以蔣氏觀之，猶信。嗚呼！孰知賦斂之毒，有甚是蛇者乎！故爲之說，以俟夫觀人風者得焉。

按：公謫永州時作。謂當時賦斂毒民，其烈如是。苛政猛於虎，孔子過泰山之言也。泰山屬於魯，是時魯之政可謂苛矣。毒賦甚於蛇，柳子在零陵之言也。唐都長安，零陵相去三千五百里，見唐賦所及者遠也。是時，唐之賦可謂毒矣。

謫龍說

扶風馬孺子言：年十五六時，在澤州，與群兒戲郊亭上。頃然，有奇女墜地，有光曄然，被緅裘白紋之裹，首步搖之冠。貴游少年駭且悅之，稍狎焉。奇女頩爾怒曰：『不可。吾故居鈞天帝宮，下上星辰，呼噓陰陽，薄蓬萊，羞崑崙，而不即者。帝以吾心侈大，怒而謫來，七日當復。今吾雖辱塵土中，非若儷也。吾復，且害若。』衆恐而退。遂入居佛寺講室焉。及期，進取杯水飲之，噓成雲氣，五色翛翛也。因取裘反之，化爲白龍，徊翔登天，莫知其所終。亦怪甚矣。

嗚呼！非其類而狎其謫不可哉。孺子不妄人也，故記其說。

按：當在貶謫後作，蓋有激而然者也。

羆說

鹿畏貙，貙畏虎，虎畏羆。羆之狀，被髮人立，絕有力而甚害人焉。

楚之南有獵者，能吹竹爲百獸之音。寂寂持弓矢罌火而即之山，爲鹿鳴以感其類，伺其至，發火而射之。貙聞其鹿也，趨而至。其人恐，因爲虎而駭之。黿走而虎至，愈恐，則又爲羆。虎亦亡去。羆聞而求其類，至則人也，捽搏挽裂而食之。

今夫不善內而恃外者，未有不爲羆之食也。

按：公之爲《羆說》，蓋有所指而言。羆，音疲。

宋清傳

宋清，長安西部藥市人也。居善藥。有自山澤來者，必歸宋清氏，清優主之。長安醫工得清藥輔其方，輒易讎，咸譽清。疾病疕瘍者，亦皆樂就清求藥，冀速已。清皆樂然響應，雖不持錢者，皆與善藥，積券如山，未嘗詣取直。或不識遙與券，清不爲辭。歲終，度不能報，輒焚券，終不復言。市人以其異，皆笑之，曰：『清，蚩妄人也。』或曰：『清其有道者歟？』清聞之曰：『清逐利以活妻子耳，非有道也，然謂我蚩妄者亦謬。』

清居藥四十年，所焚券者百數十人，或至大官，或連數州，受俸博，其饋遺清者，相屬於戶。雖不能立報，而以賒死者千百，不害清之爲富也。清之取利遠，遠故大，豈若小市人哉？一不得直，則怫然怒，再則罵而仇耳。彼之爲利，不亦翦翦乎！吾見蚩之有在也。清誠以是得大利，又不爲妄，執其道不廢，卒以富。求者益衆，其應益廣。或斥棄沉廢，親與交；視之落然者，清不以怠，遇其人，必與善藥如故。一旦復柄用，益厚報清。其遠取利，皆類此。

吾觀今之交乎人者，炎而附，寒而棄，鮮有能類清之爲者。世之言，徒曰『市道交』。嗚呼！清，市人也，今之交有能望報如清之遠者乎？幸而庶幾，則天下之窮困廢辱得不死亡者衆矣，『市道交』豈可少耶？或曰：『清，非市道人也。』柳先生曰：『清居市不爲市之道，然而居朝廷、居官府、居庠塾鄉黨以士大夫自名者，反争爲之不已，悲夫！然則清非獨異於市人也。』

按：公此文在謫永州後作。蓋謂當時之交游者不爲之汲引，附炎棄寒，有愧於清之爲者，因託是以諷。

種樹郭橐駝傳

郭橐駝，不知始何名。病瘻，隆然伏行，有類橐駝者，故鄉人號之『駝』。駝聞之曰：『甚善，名我固當。』因捨其名，亦自謂橐駝云。其鄉曰豐樂鄉，在長安西。駝業種樹，凡長安豪富人爲觀遊及賣果者，皆争迎取養。視駝所種樹，或移徙，無不活，且碩茂早實以蕃。他植者雖窺伺傚慕，莫能如也。

有問之，對曰：『橐駝非能使木壽且孳也，能順木之天，以致其性焉爾。凡植木之性，其本欲舒，其培欲平，其土欲故，其築欲密。既然已，勿動勿慮，去不復顧。其蒔也若子，其置也若棄，則其天者全而其性得矣。故吾不害其長而已，非有能碩而茂之也；不抑耗其實而已，非有能早而蕃之也。他植者則不然，根拳而土易，其培之也，若不過焉則不及。苟有能反是者，則又愛之太恩，憂之太勤，旦視而暮撫，已去而復顧。甚者爪其膚以驗其生枯，摇其本以觀其疏密，而木之性日以離矣。雖曰愛之，其實害之；雖曰憂之，其實讎之，故不我若也。吾又何能爲哉！』

問者曰：『以子之道，移之官理可乎？』駝曰：『我知種樹而已，理，非吾業也。然吾居鄉，見長人者好煩其令，若甚憐焉，而卒以禍。旦暮吏來而呼曰：「官命促爾耕，勖爾植，督爾穫。早繅而緒，早織而縷，字而幼孩，遂而鷄豚。」鳴鼓而聚之，擊木而召之。吾小人輟飧饔以勞吏者，且不得暇，又何以蕃吾生而安吾性耶？故病且怠。若是，則與吾業者其亦有類乎？』

問者曰：『嘻，不亦善夫！吾問養樹，得養人術。』傳其事，以爲官戒。

按：姓郭，號橐駝。駝，馬類也，背肉似橐，故以名之。

童區寄傳

柳先生曰：越人少恩，生男女必貨視之。自毁齒已上，父兄鬻賣，以覬其利。不足，則盜取他室，束縛鉗梏之。至有鬚鬣者，力不勝，皆屈爲僮。當道相賊殺以爲俗。幸得壯大，則縛取幺弱者。漢官因以爲己利，苟得僮，恣所爲不問。以是越中户口滋耗。少得自脱，惟童區寄以十一歲勝，斯亦

奇矣。桂部從事杜周士爲余言之。

童寄者，柳州蕘牧兒也。行牧且蕘，二豪賊劫持反接，布囊其口，去逾四十里之墟所賣之。寄僞兒啼，恐慄爲兒恒狀。賊易之，對飲酒醉。一人去爲市，一人卧，植刃道上。童微伺其睡，以縛背刃，力下上，得絶，因取刃殺之。逃未及遠，市者還，得童大駭。將殺童，遽曰：『爲兩郎僮，孰若爲一郎僮耶？彼不我恩也。郎誠見完與恩，無所不可。』市者良久計曰：『與其殺是僮，孰若賣之；與其賣而分，孰若吾得專焉。幸而殺彼，甚善。』即藏其尸，持童抵主人所，愈束縛牢甚。夜半，童自轉，以縛即爐火燒絶之，雖瘡手勿憚，復取刃殺市者。因大號，一墟皆驚。童曰：『我區氏兒也，不當爲僮。賊二人得我，我幸皆殺之矣，願以聞於官。』

墟吏白州，州白大府，大府召視，兒幼愿耳。刺史顔證奇之，留爲小吏，不肯。與衣裳，吏護還之鄉。鄉之行劫縛者，側目莫敢過其門。皆曰：『是兒少秦武陽二歲，而計殺二豪，豈可近耶！』

按：其文曰桂部從事爲余言之，當在柳州作。東坡有《劉醜斯詩》云：『曰此可名寄，追配郴之蕘。恨我非柳子，擊節爲爾謠。』謂此。

梓人傳

裴封叔之第，在光德里。有梓人款其門，願傭隙宇而處焉。所職尋引、規矩、繩墨，家不居礱斲之器。問其能，曰：『吾善度材，視棟宇之制，高深、圓方、短長之宜，吾指使，而群工役焉。捨我，衆莫能就一宇。故食於官府，吾受祿三倍；作於私家，吾收其直太半焉。』他日，入其室，其牀闕

足而不能理，曰：『將求他工。』余甚笑之，謂其無能而貪祿嗜貨者。

其後京兆尹將飾官署，余往過焉。委群材，會衆工。或執斧斤，或執刀鋸，皆環立嚮之。梓人左持引，右執杖而中處焉。量棟宇之任，視木之能，舉揮其杖曰：『斧！』彼執斧者奔而右。顧而指曰：『鋸！』彼執鋸者趨而左。俄而斤者斲、刀者削，皆視其色，俟其言，莫敢自斷者。其不勝任者，怒而退之，亦莫敢慍焉。畫宮於堵，盈尺而曲盡其制，計其毫釐而構大廈，無進退焉。既成，書于上棟，曰『某年某月某日某建』，則其姓字也。凡執用之工不在列。余圜視大駭，然後知其術之工大矣。

繼而嘆曰：彼將捨其手藝，專其心智，而能知體要者歟？吾聞勞心者役人，勞力者役於人，彼其勞心者歟？能者用而智者謀，彼其智者歟？是足爲佐天子、相天下法矣。物莫近乎此也。彼爲天下者本於人。其執

役者，爲徒隸，爲鄉師、里胥；其上爲下士；又其上爲中士、爲上士；又其上爲大夫、爲卿、爲公。離而爲六職，判而爲百役。外薄四海，有方伯、連率。郡有守，邑有宰，皆有佐政。其下有胥吏，又其下皆有嗇夫、版尹，以就役焉，猶衆工之各有執伎以食力也。彼佐天子相天下者，舉而加焉，指而使焉，條其綱紀而盈縮焉，齊其法制而整頓焉，猶梓人之有規矩、繩墨以定制也。擇天下之士，使稱其職；居天下之人，使安其業。視都知野，視野知國，視國知天下，其遠邇細大，可手據其圖而究焉，猶梓人畫宮於堵而績于成也。能者進而由之，使無所德；不能者退而休之，亦莫敢愠。不衒能，不矜名，不親小勞，不侵衆官，日與天下之英才討論其大經，猶梓人之善運衆工而不伐藝也。夫然後相道得而萬國理矣。相道既得，萬國既理，天下舉首而望曰：『吾相之功也。』後之人循跡而慕曰：『彼相之才也。』士或談殷、周之理者，曰伊、傅、周、召，其百執事之勤勞而不得紀焉，猶梓人自名其功而執用者不列也。大哉相乎！通是道者，所謂相而已矣。其不知體要者反此：以恪勤爲功，以簿書爲尊，衒能矜名，親小勞，侵衆官，竊取六職百役之事，斷斷於府廷，而遺其大者遠者焉，所謂不通是道者也。猶梓人而不知繩墨之曲直、規矩之方圓、尋引之短長，姑奪衆工之斧斤刀鋸以佐其藝，又不能備其工，以至敗績用而無所成也。不亦謬歟？

或曰：『彼主爲室者，儻或發其私智，牽制梓人之慮，奪其世守而道謀是用，雖不能成功，豈其罪耶？亦在任之而已。』余曰：不然。夫繩墨誠陳，規矩誠設，高者不可抑而下也，狹者不可張而廣也。由我則固，不由我則圮。彼將樂去固而就圮也，則卷其術，默其智，悠爾而去，不屈吾道，是誠良梓人耳。其或嗜其貨利，忍而不能捨也，喪其制量，屈而不能守也，棟撓屋壞，則曰『非我罪也』，可乎哉，可乎哉？

余謂梓人之道類於相，故書而藏之。梓人，蓋古之審曲面勢者，今謂之都料匠云。余所遇者，楊氏，潛其名。

按：公蓋託物以寓意，端爲佐天子相天下進退人才者設也。王承福圬者，而得傳於韓；楊潛梓人，而得傳於柳。

蝜蝂傳

蝜蝂者，善負小蟲也。行遇物，輒持取，卬其首負之。背愈重，雖困劇不止也。其背甚澀，物積因不散，卒躓仆不能起。人或憐之，爲去其負。苟能行，又持取如故。又好上高，極其力不已，至墜地死。

今世之嗜取者，遇貨不避，以厚其室，不知爲己累也，唯恐其不積。及其怠而躓也，黜棄之，遷徙之，亦以病矣。苟能起，又不艾。日思高其位，大其祿，而貪取滋甚，以近於危墜，觀前之死亡不知戒。雖其形魁然大者也，其名人也，而智則小蟲也。亦足哀夫！

按：公之所言，蓋指當時用事貪取滋甚者。蝜，音負，又扶缶切。蝂，音板。

乞巧文

柳子夜歸自外庭，有設祠者，餈餌馨香，蔬果交羅，插竹垂綏，剖瓜犬牙，且拜且祈。怪而問焉。女隸進曰：『今兹秋孟七夕，天女之孫將嬪於河鼓。邀而祠者，幸而與之巧，驅去蹇拙，手目開利，組紝縫製，將無滯於心焉。爲是禱也。』

柳子曰：『苟然歟？吾亦有所大拙，儻可因是以求去之。』乃纓弁束衽，促武縮氣，旁趨曲折，傴僂將事，再拜稽首稱臣而進曰：『下土之臣，竊聞天孫，專巧于天，轇轕璇璣，經緯星辰，能成文章，黼黻帝躬，以臨下民。欽聖靈、仰光耀之日久矣。今聞天孫不樂其獨得，貞卜於玄龜，將蹈石梁，款天津，儷于神夫，于漢之濱。兩旗開張，中星耀芒，靈氣翕歘，茲辰之良。幸而弭節，薄遊民間，臨臣之庭，曲聽臣言：臣有大拙，智所不化，醫所不攻，威不能遷，寬不能容。乾坤之量，包含海岳，臣身甚微，無所投足。蟻適于垤，蝸休于殼。龜黿螺蚌，皆有所伏。臣物之靈，進退唯辱。彷徉爲狂，局束爲諂，吁吁爲詐，坦坦爲忝。他人有身，動必得宜，周旋獲笑，顛倒逢嘻。己所尊昵，人或怒之。變情徇勢，射利抵巇。中心甚憎，爲彼所奇。忍仇佯喜，悅譽遷隨。胡執臣心，常使不移？反人是己，曾不惕疑。貶名絕命，不負所知。抃嘲似傲，貴者啓齒。臣旁震驚，彼且不恥。叩稽匍匐，言語譎詭。令臣縮恧，彼則大喜。臣若效之，瞋怒叢己。彼誠大巧，臣拙無比。王侯之門，狂吠狴犴。臣到百步，喉喘顛汗，睢盱逆走，魄遁神叛。欣欣巧夫，徐入縱誕。毛群掉尾，百怒一散。世途昏險，擬步如漆，左低右昂，鬬冒衝突。鬼神恐悸，聖智危慄。泯焉直透，所至如一。是獨何工，縱橫不恤。非天所假，彼智焉出？獨嗇於臣，恒使玷黜。沓沓騫騫，恣口所言。迎知喜惡，默測憎憐。摇唇一發，徑中心原。膠加鉗夾，誓死無遷。探心扼膽，踴躍拘牽。彼雖佯退，胡可得旃！獨結臣舌，喑抑銜冤。擘眦流血，一辭莫宣。胡爲賦授，有此奇偏？眩耀爲文，瑣碎排偶，抽黄對白，啽哢飛走。駢四儷六，錦心綉口，宮沉羽振，笙簧觸手。觀者舞悅，誇談雷吼。獨溺臣心，使甘老醜。

嚚昏莽鹵，樸鈍枯朽。不期一時，以俟悠久。旁羅萬金，不鬻弊帚。跪呈豪傑，投棄不有。眉矉頞蹙，喙唾胸歐。大赧而歸，填恨低首。天孫司巧，而窮臣若是，卒不余畀，獨何酷歟？敢願聖靈悔禍，矜臣獨艱。付與姿媚，易臣頑顔。鑿臣方心，規以大圓。拔去吶舌，納以工言。文詞婉軟，步武輕便。齒牙饒美，眉睫增妍。突梯卷臠，爲世所賢。公侯卿士，五屬十連。彼獨何人，長享終天！』

言訖，又再拜稽首，俯伏以俟。至夜半，不得命，疲極而睡，見有青褏朱裳，手持絳節，而來告曰：『天孫告汝，汝詞良苦，凡汝之言，吾所極知。汝擇而行，嫉彼不爲。汝之所欲，汝自可期。胡不爲之，而誑我爲！汝唯知耻，諂貌淫詞，寧辱不貴，自適其宜。中心已定，胡妄而祈？堅汝之心，密汝所持，得之爲大，失不污卑。凡吾所有，不敢汝施，致命而昇，汝慎勿疑。』

嗚呼！天之所命，不可中革。泣拜欣受，初悲後懌。抱拙終身，以死誰惕！

按：《荆楚歲時記》：七夕，婦人以綵縷穿七孔針，陳几筵酒脯瓜果於庭中以乞巧。或云：見天漢中奕奕白氣，有光五色，以爲徵應，見者得福。此乞巧之所自也。然公爲此文，假是以見其拙於謀己耳。晁無咎取之於《變騷》，而繫以辭曰：周鼎鑄倕而使吃其指，先王以見大巧之不可爲也。故子貢教抱甕者爲桔槔，用力少而見功多，而抱甕者羞之。夫鳩不能巢，拙莫比焉。而屈原乃曰：『雄鳩之鳴逝兮，吾猶惡其佻巧。』原誠傷世澆僞，故詆拙以爲巧，意昔之不然者，今皆然矣，蓋甚之也。宗元之作，雖亦閔時奔騖，要歸諸厚，然宗元媿拙矣。